Bernd

1991

Kurt

Klaus Karl-Kraus auf den Spuren der Bergkirchweih. Er blickte hinter die Kulissen der Keller, Karussells und Buden und in die Abgründe der Sperrstunde. Zwölf Tage lang machte sich der Erlanger Hoffnungen, dem Phänomen auf die Spur zu kommen. Und das Ergebnis? Der Berg blieb ein Phantom. Unnahbar, unantastbar, unglaublich und unwahrscheinlich schön.

Erst die Zeitreise zurück in die eigene Kindheit machte den Berg erreichbar. Es ist die einzig mögliche Perspektive, aus der der Berg ein wenig von seiner Unnahbarkeit preisgibt. Mit neun Kurzgeschichten im ersten Teil des Buches dreht Klaus Karl-Kraus die Uhr zurück. Dabei wurde es KKK gewahr, daß es einen linken und einen rechten Berg gibt. Rechts, das sind die Fahrgeschäfte und Losbuden, die Luftballons und das Riesenrad. Links, das ist das hopfenschwangere Kellerabteil, in dem sich der Lausbub Klaus allenfalls zur Aufbesserung seines Berggeldes sehen ließ.

Der linke Teil ist Gerchs Revier. Den imaginären Georg läßt KKK durch den zweiten Teil des Buchs schlendern. Vielmehr: Gerch schiebt sich zum Glückshafen, biegt an der Weggabelung links ab, wählt einen strategisch günstig liegenen Sitzplatz („zwei Minuten bis zur Rinne, länger darf's nicht dauern"). Gerch erforscht als Karls Satellit schließlich „die Grenze der Fröhlichkeit", die je nach Stabilität des Berchgängers bei der zweiten oder vierten Maß überschritten ist.

Klaus Karl-Kraus, geboren 1951 in Erlangen, Diplom-Betriebswirt, Nebenerwerbsdichter, Freizeitkabarettist und Sportreportator des Bayerischen Fernsehens.
Im Duo „Hobelspäne" zwei Plattenveröffentlichungen, mehrere Features für den Bayerischen Rundfunk, Kulturförderpreisträger der Stadt Erlangen.

Buchveröffentlichungen:

„derhudzd" 1982
„Ned ins Gwerch, Gerch!" 1985
„Schöne Bescherung" 1990
„Er schreibt … und sie?" 1991

Klaus Karl-Kraus

Der Berch brüllt

16 Kurzgeschichten

Mit Fotografien von
Bernd Böhner

Einführung von
Dr. Wolf-Peter Schnetz

KARL MÜLLER VERLAG

Karl Müller Verlag
Danziger Str. 6, D-8520 Erlangen, 1993
Redaktionelle Mitwirkung:
Sabine Karl-Kraus, Walter Möhrlein
Fotos: Bernd Böhner
Copyright © by Klaus Karl-Kraus

Printed in Erlangen

ISBN: 3-86070-329-3

Für Sabine
meine Mitarbeiterin
meine Kritikerin
mein Glück
meine Frau

Inhalt

Einführung 9

Der Berch brüllt..14

Der Losbuden-Olymp....................................26

Der Kettenkarussell-Romeo 36

Das Feuerwehrauto-Karussell 44

Das Teufelsrad...53

Das Riesenrad...68

Die Krokodil-Show...79

Das Fliegerkarussell.......................................89

Der Geisterbahn-Exorzist 106

Gerch I   – Der Bestellungs-Frevel.............124

Gerch II   – Das Durchblicker-Stadium......134

Gerch III   – Der Berch-Gwerch Triathlon..144

Gerch IV   – Das Keller-Breller-Gschmarr...160

Gerch V   – Mit der Bärenmutter
                     Gisela auf dem rechten Weg..176

Gerch VI   – Freibier, Bratworscht
                     und der Ehekrüppel.................194

Gerch VII – Der Gerch verläßt
                     den sinkenden Berch..............214

Einführung

zum fünften Buch von Klaus Karl-Kraus

Erkundigt man sich bei einem eingefleischten Erlanger nach dem wichtigsten Kulturereignis des Jahres, wird man unverzüglich die Antwort hören: „Kerwa". Im Herkunftswörterbuch sucht man diesen Ausdruck vergebens. Auch die Verbindung mit „Berch" hilft nicht weiter. Dabei ist die Erlanger „Berch-Kerwa", kurz „Kerwa" oder nur: „Der Berch", weltbekannt, geht man einmal davon aus, daß Erlangen der Nabel der Welt ist.

Bei Klaus Karl-Kraus heißt es lapidar: „In der Zeit, in der diese Geschichte spielt, konnte ich es gar nicht erwarten, bis die Berch-Kerwa endlich losging..." Gemeint ist nicht etwa eine Kanone wie die Dicke Berta zum Beispiel, die als Wunderwaffe im Ersten Weltkrieg beim Schuß auf Frankreich zerplatzte, gemeint ist auch nicht eine Kerbe, die ein Specht in einen Baum schlägt, gemeint ist... jeder Erlanger weiß natürlich, was gemeint ist. Dem Nicht-Erlanger oder Normal-Erlanger, dem Erlanger also, der nicht von Geburt das Privileg besitzt, „geborener Erlanger" zu sein, sollte man aber erklären, was Kerwa bedeutet.

Im Wörterbuch wird man unter „Kirmes" fündig. Dieser vorwiegend in Mitteldeutschland gebräuchliche Ausdruck für „Jahrmarkt, Volksfest" geht auf mittelhochdeutsch „Kirmesse" zurück, das aus Kirchmesse entstanden ist. Dem Nicht-Erlanger beginnt's zu dämmern, ich kann mir also weitere Ausführungen sparen...

Die Erlanger Kirchmesse oder auch Kirchweih hat als Berch-Kerwa ihren Ursprung im Jahr 1755.

Die Zeit, in der die Geschichte spielt, die uns Klaus Karl-Kraus zusammen mit vielen anderen Merkwürdigkeiten in seinem neuesten Buch „Der Berch brüllt" erzählt, ist nicht das Jahr 1755, auch sonst kein bestimmtes Jahr, sondern eine Art immerwährender Jetzt-Zeit, auch wenn es einmal heißt: „In der Zeit, in der diese Geschichte spielt, war John F. Kennedy schon tot.

In der Nacht vom 22. November 1963 ... lag ich sterbenskrank im Bett ... Auf der Berch-

Kerwa war in diesem Jahr das Teufelsrad die Attraktion ..."

Der gespannte Leser wird im folgenden Kapitel ausführlich in die Tücken einer rasend rotierenden Scheibe eingeweiht, die den jugendlichen Draufgänger, der sie besteigt, mit einem Rodeoschwung mitten hinein ins Gelächter der gaffenden Menge stürzt. Ein Held ist, wer sich immer wieder traut, aufzuspringen und sich dabei ungeniert der Lächerlichkeit preisgibt, ein Trottel also...

Von derlei Heldentaten, von Bier und Bratwürsten, von schäumenden Maßkrügen, von Fußball, Regnitz-Wasser, Fröschen und abgenagten Hühnerbeinen, vom Gerch und von Helgas BH erzählt uns Klaus Karl-Kraus hinreißende Absonderlichkeiten, Schmunzelstücke aus der Erinnerung, in denen sich jede Art von Erlanger, der eingeborene ebenso wie der zugereiste, wiederfindet und partiell erkennt.

Jeder Tag hat in diesem „Berch"-Kalendarium der fünften Jahreszeit seine Besonderheit, liebevoll sind die Interieurs ausgeschmückt. Apropos Kalendarium: Der echte Berg-Profi zählt die Tage des Jahres nicht nach dem römischen, dem hebräischen oder dem ägyptischen Kalender, er hat vielmehr seinen eigenen, und dieser beginnt mit dem Aschermittwoch. Da heißt es dann: „Noch 100 Tage bis zum Berch ..." Und das Jahr ist zuende, wenn das Faß begraben ist - das ist der letzte Tag der Kerwa, traditionsgemäß ein Montag. Das Erlanger Jahr hat demzufolge nur 100 Tage + 12 Tage Kirchweih, 112 Tage also, den Rest kann man vergessen, es sei denn, man wird bei einem Katasteraktenbeamten fündig, sobald er seinen Berg-Rausch ausgeschlafen hat.

Klaus Karl-Kraus hat den Vorzug, ein geborener Erlanger zu sein. Er weiß, wovon er redet, wenn er den „Berch" in den Mittelpunkt der Erlanger Kultur-Ereignisse rückt. Es darf von Herzen gelacht werden. Auch wenn uns beim Lesen die leibhaftige Gegenwart des Erzählers fehlt, der mit seinem Räuber-Hotzenplotz-Verschwörerblick und seinem grimmig aufgestellten Schnauzbart die Gschichtla und Stickla erst so richtig lebendig werden läßt. Klaus Karl-Kraus hat die seltene Gabe, seine Beobachtungen selbst am besten interpretieren zu können. Jeder seiner Auftritte ist ein Ereignis. Seit seinem Geburtsjahr 1951 lebt der gelernte Betriebswirt, der „fity-fifty"-Kabarettist, der FCN-, Kleeblatt-, Spieli-Reporter und Hundebesitzer (der eine Hund heißt beim Gassigehen „Direktor") im Mittelpunkt der Welt, da, wo immer was los ist: in seiner Heimatstadt Erlangen. Vier Bücher hat er bis-

her veröffentlicht: „Derhudzd" (vom Frosch-
quaken in den Regnitzwiesen, vom Vollmond
über Büchenbach und von Liebestötern auf
der Wäscheleine); „Ned ins Gwerch, Gerch!"
(vom Fußball, von Verdun, von Rom und
Verona); „Schöne Bescherung" (von Weih-
nachtseinkäufen und Kinderkriegsspielzeug);
„Er schreibt und sie" (vom Schach und von
der Liebe).

Das fünfte Buch: „Der Berch brüllt" steckt
wieder voller bösartiger Überraschungen, die
letztlich nichts anderes sind als eine einzige
Liebeserklärung an die „Berch"-Stadt Erlangen, die zufällig - zufällig? - die Geburtsstadt
und lebenslange Wahl-Heimat von Klaus Karl-
Kraus ist. Ein typisches Eigengewächs also,
voll von bemerkenswerten Besonderheiten ...

Wolf Peter Schnetz
Erlangen, März 1993

Der Berch brüllt

In der Zeit, in der diese Geschichte spielt, konnte ich es gar nicht erwarten, bis die Berch-Kerwa endlich losging. Schon Tage vor der Bierprobe radelte ich, so oft es ging knatternd über den Regnitzgrund hinauf zum Berch.

Geknattert haben die Schafkopfkarten meines Vaters, die ich mit den Wäschezwickern meiner Mutter am Hinterrad meines blauen Fahrrades befestigt hatte. Da ich mich immer sehr beeilte, auf den Berch zu kommen, flogen die Schafkopfkarten samt Zwickern in hohem Bogen in die Wiesen. Mein Bedarf an Schafkopfkarten und Zwickern war gigantisch. Als zwei Kartenspiele meines Vaters verbraucht, vom dritten der Alte, die Schelln-Sau und einige Luschen fehlten, im Zwickerkorb meiner Mutter der hölzerne Krater immer tiefer wurde, „knatterte" es wieder mal auf meinem Hosenboden. Aber das war später.

Denn, in der Zeit, in der diese Geschichte spielt, war mein Schafkopf-Zwicker-Frevel noch unentdeckt. Ich fuhr knatternd über den Wiesenweg, hinauf zum Berch.

In der Bergstraße bog ich an der Kopfstein-Weggabel immer nach rechts. Die Keller ließ ich links liegen und schob mit dem Fahrrad die Budenstraßen-Baustelle entlang. Ich kontrollierte, welche Karussells wiedergekommen waren, spionierte die neuen Attraktionen aus; war am nächsten Tag auf dem Pausenhof dicht umlagert. Und bei jedem meiner Berch-Kontrollgänge wuchs die Budenstraße und meine Vorfreude.

Rechts die Karussell-Welt.
Da wo jetzt noch hochbeinige Zugmaschinen-Saurier rangierend regierten, würde mich in wenigen Tagen der Berch-Zauber packen. Finger drehten ostereierfarbene Glühbirnen in Fassungen, daß die Glasbäuche strahlten. Arme schleppten Ausgestopfte in Glücksbuden. Hände pflanzten Wachsrosen in weiße Röhrchen. Lautsprecher brüllten, ohne zu warnen, in ohrenverschreckender Wattleistung. Gurken schlugen beim Ausladen gegen ihre luftdichte Blech-Essig-Gruft. Lachs konnte keinen Fisch mehr riechen. Gewickelter Losrouladen-Hauptgewinn frustriert zwischen all den Nieten. Bratwürste mit unverdautem,

rohem Schwein im Darm, lagen gestapelt, unterkühlt, eng aneinander geschmiegt, im zufrieden brummenden Kühlschrank. Das Riesenrad drehte sich musiklos, lichtlos, freudlos. Die Gondeln, menschenlos, fühlten sich nutzlos. Die Geister der Geisterbahn fürchteten sich, mangels Gästen, ihren Job zu verlieren. Die leeren Sitze des Kettenkarussells rissen wie Wildpferde an ihren Ketten, kein Arsch belastete sie auf ihrer Probefahrt. Das Feuerwehrauto auf dem Kinderkarussell glotzte stumpfsinnig – kinderlos. Die Flieger im Fliegerkarussell blinzelten erwartungsvoll hinauf zum vier-Tage-grünen Kastanienblätter-Himmel.
Rechte Berch-Idylle.

Nur einmal wurde ich bei meinem Berchherumstrolchen aus meiner Phantasie hochgeschreckt. Ein Besoffener stürzte plötzlich zwischen den Buden heraus, wankte auf mich zu, erwischte mich am Kragen, lallte mich bierschwanger an:
„Was streunst denn Du da rum – hä? Geh zu, bleib do, wenni mit Dir redn du!"
Ich riß mich los und radelte knatternd davon, stoppte erst bei meinem Kletterbaum am DJK-Sportplatz.
Besoffene machten mir schon immer Angst. Auch mein Vater kam manchmal betrunken nach Hause. Dann brüllte meine Mutter, brüll-

te mein Vater, und ich hatte Angst.
Vielleicht bog ich auch deshalb an der Berch-Weggabel immer nach rechts ab.

Links die Keller-Welt.
Goldige Blech-Blasrohre rotzten urgemütliche Notenpfeile, spitz, vom Podium. Leere Maßkrüge, grob gepackt, ersäuft im Verunreinigungsbad. Die Kellermäuler mit modrigem, bierigem Mundgeruch. Gehäuteter Rettich, schneeweißes, gesalzenes Fleisch. Gevierteilter Käse, gratis die Löcher. Aufgespießtes Rindvieh, drehend. Brezentorsi marschierten im $^4/_4$ Takt der Fausthiebe quer über den Biertisch. Maßkrüge, schlecht eingeschenkt, schäumten vor Wut. Mägen warteten sehnsüchtig auf den noch fehlenden kleinen Rest, der sie endlich zum Überquellen brächte. Harnblasen drückten, bewegten Füße. Der Geruchssinn gab im Pissoir stehend, seinen Geist auf. Abgenagte Hühnerbeine träumten vom Spaziergang über den Hof. Fischgräten dachten an Hälse, sannen auf Rache.
Schunkeln versetzte Hämorrhoiden in Alarmzustand rot. Geschändete Hits schämten sich, je komponiert worden zu sein. Aus beidarmig gestützter Maß ergoß sich Alkohol in den Schlund. Da hockten sie, soffen, dampften, glotzten, stierten, bewegten sich null, wenn überhaupt, dann nur zum Null-Null.
Linker Keller-Koller.

Auch mein Vater war so ein notorischer Berch-Linksabbieger, Dauer-Kellerhocker. Niemand brachte ihn dann jemals mehr nach rechts. An der Berch-Weggabel immer links, Einbahnstraße; Gemütlichkeitsgefälle; Dambers-Sackgasse; Gschmarri, unbeschränkter Übergang zum Maßkrug-aufs-Hirn-naufhaua; Stammtisch-Gwaaf, rechts vor links!

Rechts für ihn eine fremde Welt.

Mich reizte an der linken Berch-Hemisphäre nur eines: die nie endende Keller-Prozession, eine unentwegte Bierkrug-Wallfahrt. Hinein lief der Menschenstrom gut organisiert, Marschkolonnen mit festem Tritt. Heraus kamen sie schwankend, gehsteigbreit wankend. Hinein liefen sie still. Heraus kamen sie staccato skandierend.

Der Berch brüllt!

In der Zeit, in der diese Geschichte spielt, hat der Berch für mich auch gebrüllt. Es waren aber die Karussells, die brüllten. Das Popcorn, wenn es heiße Füße im Kessel bekam, aufplatzte, brüllend ins gläserne Freß-Terrarium hüpfte. Ich selbst, wenn ich im Kettenkarussell vor Fliehkraft brüllend durch die Blätter segelte. Ich mußte auf den Berch.

In der Zeit, in der diese Geschichte spielt, badete ich am Tag der Bierprobe im Alterlanger See. Naja, eigentlich badete ich nicht so richtig, denn ich konnte in der Zeit, in der diese Geschichte spielt, noch gar nicht schwimmen. Mit einem prall aufgeblasenen Autoschlauch paddelte ich todesmutig vom „Bächla" hinüber zur Sandbank. Damals war das Regnitz-Altwasser für mich der Amazonas. Unter Wasserrosen verbargen sich Krokodile. Die Flaschenpost, in der Bierflasche der Erich-Brauerei mit dem Keramikverschluß, festgezurrt an meiner Badehose, zog ich im trüben Seewasser hinter mir her.

Heute erscheinen mir die 15 Meter, von einem Ufer zum anderen, als ein Katzensprung. Damals war ich in meiner Phantasie tagelang unterwegs. Am brenzligsten war das Landemanöver. Nicht nur den Pfeilen der Indianer, auch den Anacondas mußte ich entkommen. Doch ich als Sigurd, mit Holzschwert, Weidenbogen und Holunderpfeilen mit rostiger Nagelspitze bewaffnet, nahm es mit allen Gefahren auf, auch mit der schilfbewachsenen Böschung. Ich glitt vom lakritzfarbenen Autoschlauch, meine Füße suchten Grund, fanden Schlamm – ekelig.
Meine Mutter hatte mir längst verboten, im Alterlanger See zu baden.
„Da holst der nu a Kinderlähmung."
Meine Füße versanken, zwischen meinen Zehen quoll der Schmodder hindurch. Ich preßte die Lippen zusammen; Hypochonder-

Reißverschlußmund. Wegen der angedrohten Kinderlähmung wollte ich keinen Spritzer Wasser schlucken! Watete im Zeitlupentempo. Und dann trat ich in eine Scherbe. Holzschwert, Pfeil und Bogen, Flaschenpost und den aufgeblasenen Autoschlauch schleppte ich humpelnd nach Hause. In der Schupf meines Vaters verstaute ich all meine Schätze. Da ich unbedingt auf die Berch-Kerwa wollte, biß ich die Zähne zusammen. Vor allem sagte ich meiner Mutter nichts von meinem Fehltritt.

Die neuen Pfingstklamotten lagen bereits drohend in meinem Zimmer. Wie jedes Jahr vom Otto-Versand rechtzeitig geschickt. An die helle Hose und die Wildlederschuhe erinnere ich mich noch genau.
Ich habe mir heimlich Jod und Pflaster besorgt und meinen zerschnittenen Fuß selbst verarztet. Beim Jod wäre ich beinahe schwach geworden. Wenn das rote Zeug in den kleinsten Hautritzer kam, brannte es wie Feuer. Ich tupfte, im gleichen Moment stand meine Fußsohle in Flammen. Doch nicht ich, sondern der Berch brüllte; taubstummer Schmerz. Pflaster drauf, Socken drüber, Schuhe an und nichts wie los.
Meine Mutter, die einen siebten Sinn für meine Mißgeschicke hatte, stand plötzlich im Garten.

„Was hast Du denn? Hast grafft, oder hamsder beim Fußballn widder ane nauf zundn?"

Das mit dem „Fußballn" brachte sie auf einen entsetzlichen Verdacht.

„Hast Du Fregger mit die neia Wildlederschuh druntn am DJK rumbolzt? Zeig amol her!"

Ich kam fast unbeschadet durch ihre Schuhkontrolle. Fast!

„Dei Glück", dabei schmierte sie mir doch noch eine.

„Vorsichtshalber", wie meine Mutter immer sagte, „bloß vorsichtshalber, daß ders a werkli merkst und des nechste Mol net doch machst!"

Nein, ganz umsonst hat sie ihre erzieherischen Maßnahmen nie beendet. Dagegen etwas zu sagen – völlig sinnlos. Ihre Standardantwort:

„Hast des überlebt? Also!"

Viel wichtiger, daß sie die zerschnittene Fußsohle nicht bemerkte. Ich schnappte mein Fahrrad und radelte knatternd los.

An der Berch-Weggabel bog ich rechts ab. Als der Menschenstrom mich umschloß, zu den vollbesetzten Karussells schob, ich die ersten Popcorn in meinen Mund stopfte, war der Schnitt längst vergessen. Ich humpelte, aß, schaute, schnupperte, fühlte und vergaß. Endlich war wieder Berch-Kerwa.

Als ich viel zu spät über den Wiesenweg nach Hause radelte, die Musik nicht mehr hörte, die bunten Lichter nicht mehr sah, den Berch nicht mehr roch, spürte ich umso mehr die Schmerzen. Zuhause war der rechte Wildlederschuh voll Blut gesogen. Meine Mutter hat mich erst verhauen, dann keifend verarztet; ich brüllte.

„Ja, spinnst denn Du völlig. Mit so an Schnitt aufm Berch nauf. Kriegst am End a Blutvergiftung, und dann is mit Dir aus."

Ich sagte gar nichts. Einbeinig hopste ich in mein Zimmer, öffnete das Fenster und legte mich auf das Klappbett. Zephir trug über die Regnitzwiesen das nächtliche Hörspiel. Sekundenlang klarer Empfang, dann drehte der Wind, Wellensalat, bis wieder ein Ton glasklar für Momente dominierte. Manchmal zu kurz, um zu erkennen, woher vom Berch er kam. Doch gerade das machte die Geräusch-Collage so spannend; mit den Ohren sehen.

Deutlich: „Und das geht humpa, humpa, humpa, tätärä, tä…" Dann: Blasmusikdurcheinander. Sorgsam geübte Bierhits mehrerer Kapellen sammelte der Abendwind sorglos zusammen, schüttete das unentwirrbare Notenpotpourri in mein Zimmer. Plötzlich: „Die Krüge hoch – ein Prosit, ein Prosit …" „Tüüt", fuhr die Startsirene eines Karussells der Gemütlichkeit in die Parade.

„Marmor, Stein und Eisen – aans, zwaa – Tüüt – auf und nieder – Bravo – Greif mer amol nei – immer wieder – Tüüt – in München steht a – es sind noch Plätze frei – gsuffa – Tüüt – Bravo, brüll" – Blasmusiksalat.

Irgendwann schlief ich ein. Träumte von der total freien Auswahl. Entschied mich für die komplette Losbude. Es regnete aus Zuckerwatte-Wolken Popcorn und Bratwürste – Berch-Schlaraffenland. Ich schnitt den frisch aufgespießten Ochsen vom Grill, leicht angebruzelt eilte er davon. Sämtlichen Luftballons schenkte ich die Freiheit.In allen Bierkrügen, mit einem Schlag Wasser. In einem Kellerabschnitt war der Kapellenvorturner gerade dabei, des Wirtes liebstes Lied anzustimmen: Aans, zwaa, gsuffa. Und die Berchsklaven befolgten brav den Befehl. Nahmen einen tiefen Schluck. Spuckten Berch-Wasser. Die Ernüchterten rissen die Brauereifahnen von den Masten, stürmten die Keller, verprügelten die Kellner und den Wirt. Blasmusikanten bliesen bis ihre Köpfe tonlos, rot zerplatzten; Stummfilm-Kapellen-Exitus.

In meinen Taschen Fahrchips sämtlicher Karussells. Doch soviel ich auch herausnahm, verbrauchte, verschenkte, sie wurden nicht weniger. Das Calypso bekam nicht genug vom Drehen, wirbelte immer schneller. Summte ausgelassen wie ein Kinderkreisel, hob ab, schwebte als bunte Untertasse über die Budenstraße. Apokalyptisches Calypso, auf und davon Richtung Spardorf. Unten rannte tobend der Karussell-Besitzer und alle Verwandten und Bekannten der Mitfahrer. Oben im Calypso kollabierten die einen. Die anderen konnten ihr Karussellglück nicht fassen, kreischten orgiastisch.

Die Autoscooter sprangen aus ihrem rechteckigen Gefängnis, jagten gnadenlos alkohollahme Berch-Torkler.

Das Riesenrad, lange genug ein Sisyphus, riß sich aus seiner TÜV-geprüften Verankerung. Drehte sich nicht mehr sinnlos, ohne einen Millimeter Raumgewinn, an Ort und Stelle. Es rollte befreit auf glühbirnen-geschmückten Speichen die Essenbacher Straße entlang. Der Reihernde auf der Schwabach-Brücke unterbrach die Forellenfütterung:

„Die Fahrräder wern a immer greßer."

Die Gespenster der Geisterbahn schwärmten aus, wirkten draußen in der geistlosen Welt gigantisch.

Der Losbuden-Besitzer, dem Wahnsinn nahe, der fünfzehnte Hauptgewinn in Serie. Kettenkarussell-Holz-Hocker ritten mit ihren Fahrgästen in den Orbit. Die langen Ketten flatterten wie die Zeitungspapier-Schwänze unserer Herbstdrachen hinterher.

Ich lag dösend auf meinem Klappbett. Der Berch-Traum stimmte mich auf die kommenden elf Tage ein. Der Berch brüllte flüsternd.

Der Losbuden-Olymp

In der Zeit, in der diese Geschichte spielt, wollte meine Mutter auf der Berch-Kerwa unbedingt die freie Auswahl.

In einer modernen Losbude stand eine Armee Spielautomaten, akkurat ausgerichtet, in Einwurfhöhe, gleich neben dem Menschenstrom. Mit einer Mark im Bauch ließen die Geräte dann oben drei Walzen rotieren. Auf jeden Münzenfresser war eine Nummer geklebt, die sich oben auf einem beleuchteten, rechteckigen Kasten wiederholte. Darin war das Glücksorakel eingesperrt: bei drei gleichen Symbolen gab es einen Gewinn. War eine schwarze Katze darunter – verloren. Die freie Auswahl: bei drei Hufeisen. Und die in Reih und Glied stehenden Automaten waren ständig wie Blüten, von vom Hauptgewinn Träumenden, Münzen Einsteckenden, auf Lippen Beißenden, die Walzen nervös Beobachten-

den, umlagert. Unten rotierten die Spieler, oben der surrende Walzen-Olymp, der Glück oder Pech der Automaten-Glücksritter weithin sichtbar machte. Dazwischen stapelten sich die Preise. Aufgetürmter Tand wie in Sindbads Höhle; über allen thronend: der große, bonbonrosane Teddybär – mit seinen anfangs 35 Brüdern. Doch diese wurden während nur eines Berch-Tages verschleppt. Weggezerrt, meist unter Glückslauten, von denen, die Fortuna geknutscht hatte.

Nachts wurden 35 neue Teddys stranguliert. Nachts dösten die Symbole auf den Plastikrollen, die sich todmüde gerast hatten. Träumten von der Zeit, als es noch keinen elektrischen Strom gab, der sie unentwegt in Trab hielt. Die 35 Plüsch-Delinquenten baumelten zwischen Porzellanhirsch, der über eine Uhr springt, und Stehlampe, die ab Fabrik wackelt. Neben Ölbilddruck: Bauer beim Eggen mit perspektivisch verzerrtem Gaul und Lederfußball mit schwacher Peristaltik; er ruhte erschöpft, fast leergebläht auf der 40 Zentimeter hohen Vasenscheußlichkeit. 35 Plüsch-Farb-Klekse werden hingerichtet unter Ausschluß des gewinngeilen Publikums.

Ich durchschaute damals natürlich das alles nicht. Mich begeisterten nur die Walzen mit den vielen wirbelnden Motiven, das wütende Brummen des Motors, wenn er die Zylinder wieder anschieben mußte. Das nacheinander hörbare Einrasten der drei Symbole, wenn ihre schwindelerregende Sekundenreise zu Ende ging.

Der Automat hatte bereits so viele Markstücke meiner Mutter verschlungen, daß sie sich jeden der Hauptgewinne zweimal in der Heka hätte kaufen können. Aber sie wollte nun mal die freie Auswahl auf der Berch-Kerwa.

Nachdem sie kein Glück gehabt hatte, durfte ich auf den Knopf drücken, der den Walzen den Strom in die gelöteten Eingeweide jagte. Das gefiel mir. Ich drückte. Sie standen. Ich drückte.

„Net so schnell, Klaus, mir müssen erscht schaua, ob mer was gwunna ham."

Ein Tätowierter turnte zwischen Teddybären und Nippes herum und gab jedem ein Gewinnkärtchen, dessen Walzenbild ohne Katze blieb. Immer das gleiche Ritual, kaum, daß das letzte Feld stand. Sein Blick nach oben, locker mit der Rechten, blätterte er die Gewinnkärtchen auf die Automaten, vor denen die Spieler standen.

Ich drückte – die Walzen standen.

„Drei Hufeisen", schrie aufgeregt meine Mutter.

„Drei Hufeisen, schauas halt hie", und mir haute sie begeistert auf die viel zu schmalen Schultern.

„Gut drückt, mei Bu!"

Der Tätowierte sah nur noch drei anfahrende Walzen. Ich hatte bereits wieder auf den magischen, rot blinkenden Knopf gedrückt.

„Mir ham drei Hufeisen, schauas halt." Meine Mutter war so aufgeregt, daß sie gar nicht bemerkt hatte, daß ich schon längst per Knopfdruck die frei Auswahl ins rotierende Nichts weggestartet hatte.

„Vielleicht ghabt", erwiderte der Tätowierte.

„Ja Kreizdunnerwetter, da soll doch gleich der Teifl neifahrn. Drei Drecks Hufeisen hamer ghabt. So a Zigarettenberschla, a windigs", tobte meine Mutter.

Ihre Gesichtsfarbe hatte mittlerweile die Farbe ihres roten Haares bei weitem übertroffen. Sie blickte hilfesuchend nach links und rechts. Doch links kämpfte eine Brillenträgerin mit dem Decodieren der viel zu weit entfernten Gewinnanzeige oben am Budenhimmel.

„Junger Mann, hätten Sie die Freundlichkeit mir zu sagen, ob ich einen Preis gewonnen habe?"

Der Tätowierte kontrollierte ihre Anzeige und raunzte:

„Wenn a schwarze Katz' dabei is, dann hast nix gwunna. Is des denn so schwer? A schwarze Katz', Du verloren. Willstes schriftli, Preiß?"

„Ja sehen Sie nicht, daß die Dame eine Brille trägt und deswegen nichts erkennt?", schaltete sich ein anderer des Fränkischen nicht mächtig ein.

Von denen hat es auch schon in der Zeit, in der diese Geschichte spielt, genügend in unserer Stadt gegeben.

„Dann solls daham bleim, die blinda Henna, und net bled rumgackern. Also soviel Gschubste wie in Erlang, findst sunst auf kaner Kerwa."

Und rechts von uns ein arg Gerstensaft-Eingeweichter. Der versuchte schon seit geraumer Zeit, dem Automaten einen Zehnmarkschein ins Metallmaul zu stopfen. Der preußische Samariter eilte nach seinem „verbalen Batsch" jetzt dem Bierkranken zu Hilfe.

„Sie müssen Markstücke verwenden."

„Hä?"

„Der Automat startet nur, wenn sie eine Münze einwerfen!"

„Habi net. Aber den Zehner. Und den frißt der etz", und der Schwankende schob den Zehnmarkschein wirklich Millimeter für Millimeter tiefer in das Automatenmaul.

„Aber das funktioniert doch wirklich nicht."

„Des is mei Sach', Du Schlauberger. Du kannst beim Siemens Dei Maul aufreißn, Du Klugscheißer. Was geht oder net, des werri dem Dreckskasten scho derzähln."

„Erlauben Sie, ich wollte…"

„Nix erlaubi Dir, schwing Di", schimpfte der mit der riesigen Bierfahne.

Den halb gefalteten Zehner hatte er, während seiner Schimpf-Tirade, die immer wieder von

Schaschlik-verstärkten Rülpsern hörbar und vor allem riechbar unterbrochen wurde, wieder einen Millimeter weiter hinein geschoben. Doch die Automatik sprang nicht an, obwohl er jetzt immer heftiger auf den Knopf drückte. Und nachdem das alles nicht fruchtete, drosch er mit der Faust auf den Münz-Grabstein. Der Automat wackelte, streckte dabei dem Rowdy höhnisch, die sich leicht bewegende Zehnmarkschein-Zunge.

„He Karussellschieber, Dei Klump get net."

„Ich geb' Dir gleich an Karussellschieber, Du bsuffna Sau", und es hätte nicht viel gefehlt und der Tätowierte wäre über die Trostpreise hinweg, zu dem eingeknickt Stehenden, unentwegt auf den Automaten Einhauenden, hinabgesprungen.

„Norbert!"

Die Stimme kam aus dem Gewinnhimmel. Der Norbert erkannte ganz offensichtlich die Stimme, funktionierte wieder, überprüfte und blätterte Gewinnkärtchen hin.

„Drei Hufeisen, die völlig freie Auswahl. Jetzt anschließen, gehen Sie nicht achtlos an Ihrem Glück vorüber."

„Mir ham drei Hufeisen ghabt", legte meine Mutter erneut laut los.

Jedes Wort betonte sie bebend.

Der Tätowierte machte einen Sidestep, schwebte wieder in unserer Kopfhöhe. Zwischen seinen ausgelatschten Turnschuhen und uns nur noch die Kämme, Kaugummis, Kullis, Schraubenzieher und sonstige Trostpreise. Beide Arme hatte er in die Hüften gestemmt, in seiner Rechten hielt er die verschiedenfarbigen Gewinnkärtchen. Darunter auch das, mit den drei Hufeisen, der so heiß ersehnten freien Auswahl. Er schüttelte seinen langhaarigen Kopf.

„Also die muß a was mit die Glotzer ham. Brüllt da rum, sie hätt' drei Hufeisen. Die ander Blinde hat wenigstens a Brilln auf ihrm Hirn ghabt, a wennsera nix gholfn hat. Aber die da is ja so stockblind, dera helfat net amol a Brilln. Wo issn Dei gelba Armbindn mit die Pünktli, hä?"

Jetzt schaute meine Mutter endlich nach oben und wie zum Hohn zeigten die drei Walzen seit geraumer Zeit, denn ich hatte meine Finger vorsorglich eingesteckt und brav dieses Rotierergebnis stehen lassen, zwei Hufeisen und eine Katze.

„Da war'n aber drei Hufeisen. Mei Bu hat's a gsehn, gell Klaus?"

Hatte ich nicht. Beim Sympathieausbruch meiner Mutter hatte ich mein Haupt gesenkt, um den mütterlichen Hauptgewinn-Ritterschlag hinzunehmen und nur im Augenwinkel die Katze, der bereits neu rasenden Walzen ins Bild springen sehen.

„Ich muß die Hufeisen sehn, Gnädigste", sagte kühl der Tätowierte, „und zwar drei und net zwa. Und wenn a Katz dabei ist, des habi der blinden Henna nebn Ihna a schon zwanzigmal erklärt, dann ham's nix. Gar nix, net amol an Lausrechn kriegns dann von mir. Gar nix kriegns!"

Die angesprochene Kurzsichtige hatte sich mittlerweile mit dem Schluckspecht verbündet. Sie warf ihm die Markstücke ein, drückte auch den Knopf, den sie gerade noch erkannte und er spähte schwankend nach oben.

„Karussellschieber, da schau nauf und waaf net mit der Rothaarigen rum, mir ham wass."

Der Tätowierte, der auch jetzt noch nicht ein Karussellschieber sein wollte, fuhr wie ein Blitz herum, funkelte den Querulanten an und bemerkte auch noch die Brillenträgerin neben diesem. Doch aus dem „Preis-Paradies-off" kam gerade noch rechtzeitig: „Norbert!" bevor der Tätowierte Schlimmeres anrichten konnte. Er hing fest an der Leine der Mikrofonstimme, knallte gehorsam dem „Zufalls-Spieler-Pärchen" die Gewinnkarte hin.

Meine Mutter gab aber nie schnell auf.

„Sie segn nix, weil's die Madli nachgaffn. Mir ham die drei Hufeisen ghabt."

Die Walzen zeigten immer noch zwei Hufeisen und eine Katze.

„Und die Katz da drobn hat der liebe Gott hiegmalt."

„Des worn drei Hufeisen wo die Katz herkommt, is mir wurscht."

„Aber mir net."

Da tönte es laut schreiend aus den Lautsprechern:

„Und wieder drei Hufeisen, die völlig freie Auswahl."

Meine Mutter glaubte schon an überirdische Hilfe. Den riesigen Teddybären nahm aber das Pärchen „Blind und Bsuffn" neben uns in Empfang. Die wußten gar nicht so recht, wie ihnen geschah.

„Und was soll mer mit dem Viech? Der stört uns doch hinten beim Keller."

Er schaute sich schwankend um, sah mich – und drückte ihn mir in meine Arme.

Zu Hause erzählte meine Mutter stolz der ganzen Nachbarschaft:

„Den hat fei mei Bu gwunna!"

Und trotz der geschenkten freien Auswahl, die jahrelang bei uns zu Hause langsam verstaubte: noch heute drücke ich nicht gerne auf Automatenknöpfe.

Der Kettenkarussell-Romeo

In der Zeit, in der diese Geschichte spielt, waren Beatles-Frisuren unheimlich in, mein größter Feind: der Friseur.

Auf dem Berch stand ich stundenlang mit der Clique am Calypso oder am Autoscooter. Tom Jones schmachtete wattverstärkt, was die Boxen hergaben, und die großen Jungs luden sogar Mädchen zu einer Fahrt in den flinken Elektroautos ein. Ich fuhr in dieser Zeit, am Kinn zwar schon leicht beflaumt, dennoch lieber allein. Um dann frontal aus dem Pulk heraus, das Gefährt meines Freundes Olli zu rammen. Was sollte da ein kreischendes Mädchen auf meinem Beifahrersitz? Und überhaupt, über was während der langen Fahrt mit ihr reden? Die interessierte, in der Zeit, in der diese Geschichte spielt, ja doch nur, welches Mädchen mit Paul, John, George und Ringo gerade zusammen war.

Doch die meiste Zeit fuhren wir nicht, sondern lungerten am Calypso oder am Autoscooter herum. Im Schutz der Clique trauten wir uns die Mädchen schon mal anzuquatschen.

„Hast wohl den BH von Deiner Mutter o?"

In der Zeit, in der diese Geschichte spielt, hatte ich irre lange Koteletten und eine Hose mit 60er Stulpenschlag. Die Mädchen stakten auf Plateauschuhen über die Berch-Kerwa und ihre Haartürme waren nach dem letzten Schrei kunstvoll nach oben toupiert, chemisch gestützt; Ozonlöcher waren in der Zeit, in der diese Geschichte, spielt kein Thema. Die Röcke waren kurz, die Pfingstferien lang. So lang wie der Berch eben dauerte.

Schule hätte während der Kerwa auch überhaupt keine Chance gehabt. Wir standen doch bis zur letzten Fahrt am Calypso oder am Autoscooter. Stundenlang habe ich mir das Metallgeländer in den Hintern gedrückt. Wir lehnten, lümmelten, lachten und laberten.

Einmal bin ich doch mit einem Mädchen im Calypso gefahren. Zufällig!

Kurz bevor die neue Fahrt losging, suchten mein Freund und ich nach einer freien Gondel. Da packte mich der Chip-Einsammler mit der Brisk-Elvis-Tolle am Arm:

„Du hockst Di do nei und Du da drüm."

Auf der Calypso-Sitzbank saß sie. Weiße Bluse, Pferdeschwanz. Wortlos setzte ich mich neben sie. Die beginnende Fahrt erlöste mich vom Rededruck. Immer schneller fuhr das Calypso, immer schneller drehten sich die grell lackierten Gondeln. Immer näher rückte sie. Fliehkräfte arbeiteten für mich. Trotzdem, ich nutzte nichts aus. Im Gegenteil. In meiner nur halbaufgeklärten, pubertären Angst, war ich schon längst bis an den Rand meines Sitzplatzes gerutscht. Weiter weg kam ich nicht, und sie rutschte Umdrehung für Umdrehung näher. Sie quietschte, und ihr Hals duftete mir zu. Das Calypso kreiselte langsam aus, und sie rückte von mir weg.

„Willst nu amol fahrn?" fragte ich sie.

Als ich die Frage hörte, war ich selbst am meisten erstaunt, daß ich sie überhaupt gestellt hatte.

„Klar!" sagte sie.

Ich angelte die Reservechips aus meiner Jeans.

Und auch bei dieser Fahrt leisteten die Fliehkräfte ganze Arbeit. Sie rutschte immer näher. Aber die Fliehkräfte leisteten auch in meinem Magen ganze Arbeit. Popcorn erwachte zu neuem Leben, änderte die Wanderroute um 180 Grad. Statt Richtung Darm arbeitete es sich, entgegen der Schwerkraft, kontinuierlich nach oben, der Freiheit entgegen. Meine Sehkraft ließ ebenfalls nach. Aus ihrem Gesicht ragte ein gewaltiger Pinocchio-Zinken, der rasant weiterwuchs. Alles an ihr schien zu wachsen, aus der Form zu geraten. Doch nicht nur mit ihr ging diese Wandlung vor, auch außerhalb der Gondel war nichts mehr wie es sein sollte. Die anderen Fahrgäste hatten gräßliche Fratzen. Schießbuden kippten, purzelten auf mich zu. Und das Calypso beschleunigte immer weiter. Ich fühlte, wie sich das Rumpeln steigerte, die Scheibe wie ein Diskus langsam abhob. Das Riesenrad begann zu rollen. Schweiß brach mir aus. Popcorn kurz vor dem Ziel. Die neben mir kreischte, warf ihren Kopf zurück, ihr Pferdeschwanz flog, flog weg. Ihr Hals immer länger, bog sich hinterher. Ich schloß die Augen, schluckte die unfolgsamen Popcorn-Stücke immer wieder hinunter.

Ein Lederjacken-Träger kam zur Gondel, reichte dem Pferdeschwanz die Hand.
„Weißt Du Kleiner, mein Freund verträgt das Calypso-Fahren nicht", meinte sie grinsend zu mir gewandt.
Ich fuhr ebenfalls nie mehr Calypso.

Manchmal gingen wir auch zum Kettenkarussell. Mit einer Tüte Popcorn, unaufhörlich die aufgeblasenen Maiskörner essend, standen wir und hofften auf dralle Rockträgerinnen.

Wenn das Kettenkarussell losfuhr, erkannte ich sofort die seelische Verfassung der Fahrgäste. Einer klammerte sich so fest an die Ketten seines Sitzes, daß die Knöchel leichenweiß bis zu mir herab blitzten. Der andere schaukelte locker in seinem Holzsitz. Seine Schuhsohlen schnappten nach Kastanienblättern, er schwebte über der tausendköpfigen Menschenschlange, die unter seinen Schnürsenkeln unentwegt redend, kauend, schiebend, schielend, in jede Richtung zwölfspurig hindurch wogte. Frauensitze wurden geschnappt. Männersitze drehten sich ein, entzwirbelten sich johlend.

Ich schaute, aß dabei unentwegt Popcorn.

„Gucke, Signora, Carlo kommen mite Swungä vone hinten."

Das stimmte, der kleine Italiener zappelte auf seinem Sitz, streckte beide Arme weit nach vorne und schwang hinter der Grell-Bemalten her.

„Huiii", machte sie, und ich stopfte mich mit Popcorn voll.

Das Kettenkarussell beschleunigte. Die Sitze drängten immer weiter nach außen. Der Italiener und die Frau verschwanden für einen Moment, tauchten in den tiefgrünen Kastanienschatten.

„Gucke, Signora, Carlo fasse vor, snappe Ihre Sitzplatze."

Der kleine Italiener reckte sich in seinem Sitz noch gewagter nach vorne. Angezogen vom gespannten, blumig gemusterten Blusenstoff.

„Huiii", machte sie, und ich griff in die Popcorn-Tüte.

Jetzt war die maximale Sitzflughöhe erreicht. Ketten zerrten an ihren Bolzen. Die Beatmusik überlagerte alles. Italiener und Frau verschwanden für einen Moment, der verwischende Kastanienschatten schluckte beide.

„Gucke, Signora, Carlo fasse weit, snappe bella figura."

Und wirklich, der kleine Italiener stand mehr, als daß er auf seinem Sitz saß. Tollkühn, mediterran, elegant verfolgte er auf seiner eliptischen Kettenkarussell-Bahn die 65 Kilogramm, der in zweieinhalb Stunden liebevoll Herausgeputzten.

„Huiii", machte sie, und ich transportierte automatisch Popcorn zu meinem Mund.

Licht, Musik, Schreie: befreiende, ängstliche.

Italiener und Frau verschwanden für einen Moment im wirbelnden Kastanienschatten. Tauchten wieder auf. Doch der Sitz hinter ihr war leer. Schwang Carlo-los noch höher als alle anderen. Wie ein jockeyloser Gaul, ausgelassen, vom Gewicht befreit, wild auf der Ketten-Holzsitz-Umlaufbahn.

„Gucke, Signora, Carlo warten auf sönes Fräulein bei Karussela."

Und da schritt er lächelnd aus dem tiefgrünen Kastanienschatten, die oben langsamer werdende Angebetete, nicht aus den Augen lassend.

„Wenn's im Krieg a so gwesn wärn, hättmers braugn kenna, die Spaghettis", schimpfte einer mit abgehacktem Façon-Haarschnitt. „Aber da sins grennt wie die Hasn. Aber nach hinten."

Obwohl die Menge, die auf die Begrüßung zwischen Romeo und seiner immer noch im Sitz hängenden Julia wartete, dem Gestrigen gar nicht zuhörte, steigerte dieser sich weiter hinein.

„Links a Kompanie, rechts a Kompanie, in der Mittn die Itacker und hinten a Kompanie Schwarzhemden mit dem Totenkopf, dann hätt's funktioniert. Aber a so", brüllte er, „sins in Rußland mit ihre Karton-Schuh gwetzt, wos des Zeich ghaltn hat."

Das Kettenkarussell stand, der kleine Italiener ging die Stufen hinauf zu ihr.

„Gucke, Signora, Carlo für Dich gesossn!"
Er griff in seine Anzugtasche und gab ihr eine rosa Plastiknelke. Sie nahm die Blume, schlug die Augen nieder. Und die Menge hatte bald die beiden verschluckt.

Das Feuerwehrauto-Karussell

In der Zeit, in der diese Geschichte spielt, hatte ich eine große Leidenschaft: Das Feuerwehrauto-Karussell auf der Berch-Kerwa!

Nicht das Rennauto, nicht das Polizeimotorrad, der Omnibus oder irgendein anderes Gefährt durfte es sein, nein, nur das Feuerwehrauto. Vielleicht lag es an der riesigen Glocke, die rechts hinter dem Fahrersitz von der Decke herabhing. Eine abgegriffene Kordel baumelte aus der stanniolfarbenen Glocke. Daran zog ich, nein, riß ich, sobald ich im Feuerwehrauto saß.
War das Feuerwehrauto besetzt, brachten mich weder gutes Zureden, noch Drohungen meiner Mutter auf das Karussell.

Wenn ich mit meiner Mutter auf die Berch-Kerwa ging, mußten wir zuerst zum Feuerwehrauto-Karussell. Verzögerungen nahm ich nicht hin. Unterhaltungen meiner Mutter mit Leuten, die sie zufällig traf, die nicht nur in der Zeit, in der diese Geschichte spielt, endlos dauerten – störte ich durch heftigstes Quengeln.

„Was, der Schmidts Gerch hat wieder geheiratet?"
„Ja, Minna, die Müllers Babet."
„Die Müllers Babet, is des net die Schwägerin von der Dings, … äh, von der, die den, na, der war doch mit mir in der Schul'. Ja, glabst ich kummert etz auf den sein Nama."
„Wen manst denn Minna?"
„Na den, der die, Herrschaft, drom in Büchenbach hater gwohnt und dann isser nach Lichtenfels. Na, na, net nach Lichtenfels, was sagi denn, nach Kulmbach glabi."
„Den Kootzer?"
„Na, net den Kootzer, der is doch scho gstorbn."
„Der is gstorbn, der Kootzer aus Häusling?"
„Net Häusling, den Kootzer aus Dechsendorf mani."
„Den kenni net!"
„Fraali kennst den a. Der is doch mit der Goldmann Inge ganga, die dann mit dem Neger durchbrennt is."
„Net mit an Neger, Minna, mit an Itacker!"
„Des is doch desselbe."

Das dauerte mir entschieden zu lange, ich blärrte, zerrte, begann in meinen gefürchteten Rumpelstilzchen-Tanz zu fallen.

„Zum Feuerwehrauto-Karussell. Will Feuerwehrauto-Karussell."

Meine Mutter gab nach, obwohl noch viele ihrer Fragen unbeantwortet waren. Vor dem Karussell suchte ich zuerst mein geliebtes Feuerwehrauto in dem Gedränge von Eltern-, Großeltern- und Kinderbeinen. Das Gedrängel wäre lange nicht so schlimm gewesen, wenn nicht jeder der kleinen Fahrgäste sein Lieblingsfahrzeug gehabt hätte.

„Des is doch worscht, obst auf dem Polizeimotorrad hockst, oder in dem bleden Bus", schrie entnervt ein Vater, mit Schweiß auf der Stirn.

Sein Sprößling brüllte Mordio, als ihn sein Vater gewaltsam auf die dämliche Mondrakete preßte.

„Im Omnibus fahren will, im Omnibus", und der erst drei Wochen Windellose bläkte, als ob sie ihm wieder angelegt würden.

„Ja, etz gib halt a Ruh. Die Scheißdinger fahrn doch alle bloß im Kreis."

Nichts hatte dieser Ignorant verstanden, aber schließlich resignierte der erwachsene Zweibeiner. Er nahm das heulende Bündel hoch, das beruhigte sich sofort, und er suchte den Bus. Da hupte es ganz gewaltig.

„Bitte zurücktreten!"

Eltern- und Großelternarme waren noch am Stemmen, Heben, Schwingen. Eltern- und Großelternstimmen waren noch am Beschwichtigen, Versprechen, Drohen. Schlimm, wenn zwei Erwachsene auf das gleiche Gefährt zustürzten. Da gab es beispielsweise nur ein Polizeimotorrad. Oft brachte ein Rempler den Sieg um Fingerbreite. Einmal ließ ein Opa bei diesen entscheidenden Sekunden des Sitzplatz-Rodeos seinen Enkel einfach stehen. Stürzte alleine los. Hatte den Konkurrenten um das Polizeimotorrad um Armeslänge geschlagen. Stand schwer atmend, gebückt da, beide Hände besitzergreifend um den Lenker gekrallt.

„Na, Opa, wollmer selber fahrn oder derf meiner?" sagte triumphierend ein Mitte Dreißiger im verschwitzten Neckermann Nylon-Hemd.

Der Opa drehte sich um, suchte nach seinem Enkel, aber ohne dabei den Lenker loszulassen.

Der Vater schwang seinen Jüngsten zwischen den Armen des Opas hindurch auf das Polizeimotorrad.

„Da, schön hupen Peter", und drückte den Zeigefinger seines Sohnes auf den grauen Knopf.

„Also, so ein Rüpel", stieß der Opa immer noch außer Puste hervor.

Sein Enkel hing inzwischen an seinem linken Hosenbein.

„Motolad", schluchzte der.
„Losfahlen", gluckste glücklich der andere.

Meine Mutter hatte ihre Lektion längst gelernt.
Sie wußte, ich fuhr nur im Feuerwehrauto. Sie
bugsierte sich und mich genau dorthin, wo
mein Stargefährt stoppte. Dort warteten wir
eine Fahrt ab, denn der Karussellführer bremste zuverlässig immer an der gleichen Stelle.
Dann nahm sie mich auf den Arm, zwei
große Schritte, und ich saß auf meinem
Traumplatz. Wie ich sie dafür bewunderte
und liebte.
Die Linke am elfenbeinfarbenen Lenkrad, die
Rechte an der Feuerwehr-Glocke und, wie
gesagt: Ich zerrte unentwegt daran und war
glücklich!
Während der Fahrt bimmelte ich, was die
Kordel hergab, ließ dabei meine Mutter nie
aus den Augen. Das Karussell hielt genau, wo
sie stand. Am Ende der Fahrt kam sie und
drückte mir einen weiteren kreisrunden Chip
in die Hand und einen Kuß auf die Backe.
Küsse in der Öffentlichkeit waren sonst strikt
verboten. Aber für den roten Chip ließ ich
ihren feuchten Liebesbeweis durchgehen.
So saß ich dann, den Chip ganz fest in meiner Linken.
Um mich herum wogte bereits wieder der
Sitzplatz-Krieg. Ein Zwerg weigerte sich die
Fahrzeugwahl seiner Oma zu akzeptieren.

Des Enkels Wort war für sie Gebot, deshalb wollte sie ihren Fehler korrigieren. Aber, alle anderen Zwergen-Verkehrsmittel waren längst besetzt.

„Bleibt fei hockn, wenn des Karussell los fährt! Und bei der nächsten Rundn darfst dann umsteign.

„Aber die Kinderfüßchen hörten nicht, stiegen sofort um. Steuerten zielstrebig auf den heillos überladenen, grünen Sportwagen zu.

Ohnmachtsschreie seiner Oma begleiteten diese halsbrecherische Aktion.

„Wie oft fährst denn Du nu?" herrschte mich eine Farah-Diba-Frisur an.

An ihrer Hand ein rothaariger Matrosenanzug. Der Chip in meiner Hand machte mich keß.

„Noch dreihundertmal!"

Für den Matrosenanzug, der mühsam, aber stolz gerade bis 11 zählen konnte, überstieg die Zahl 300 bei weitem die Schmerzgrenze; er heulte sofort hemmungslos. Da hupte es gewaltig.

„Bitte zurücktreten!"

Glückliche Kleine mit Sitzplatz wurden zurückgelassen. Unglückliche, hübsch angezogene, strampelnde, kreischende Kinderkleiderbündel ohne Sitzplatz, vom Karussell heruntergehoben. Wie geprügelte Hunde kamen die Väter mit ihrem wimmernden Nachwuchs, zu ihren keifenden Frauen zurück.

„Des kannst also a net!" fauchte der Stöckel-schuh.

„Aber ich…" stammelte die Karokrawatte.

Das Karussell fuhr stockend an. Meine Mutter ließ ich nicht aus den Augen. Ich bimmelte, lenkte, war unterwegs und alle fuhren mir hinterher. Mir, dem Feuerwehrkommandan-ten, der unentwegt klingelte. Bei den riesigen Kastanien sah ich kurz meine Mutter nicht mehr. Doch Sekunden später kam sie wieder in mein Blickfeld. Stand lachend, zufrieden da, beide Hände umfaßten ihre Handtasche. In dieser lagen bestimmt noch Plastik-Erlaub-nisse für weitere Feuerwehrauto-Einsätze.

Tausend Glühbirnen strahlten, wechselten ihre Farben. Die Scheibe, auf der die Fahr-zeuge montiert waren, brummte zufrieden.

Im Kindergarten brannte es, meine Freunde, Tante Roswita und mein Holzsegelschiff, das ich vor den Pfingstferien dort vergessen hatte, waren in größter Gefahr. Doch ich war unter-wegs! Und hinter mir her: Polizeimotorräder, Mondraketen, Busse, Sportwagen. Fahrräder wichen vor mir aus.

Meine Mutter sah ich, gleich verschwand sie bei den Kastanien. Jetzt sah ich sie wieder. Die Gesichter der Wartenden, die das Karussell säumten, verwischten, die Fahrt wurde immer rasanter, und ich bimmelte unentwegt; Mutter, Kastanien, bimmeln; Mutter, Kastanien, rasen…

Heute, wenn ich vor dem Karussell stehe, ist der Zauber verflogen. Eine kreisrunde Scheibe, aufmontierte Pampers-Fahrzeuge. Damals: Jede Fahrt ein unnachahmbares Abenteuer.

Langsam stoppte das Karussell. Stoppte bei den dunklen Kastanien. Große und Kleine stürzten auf mich zu. Ein Großer hob mich aus meinem Feuerwehrauto. Alleine stand ich auf dem Karussell, ohne meine Mutter. Gewühl, Geschubse, ich begann zu weinen.

Das Karussell hatte sich verfahren. Ich hatte es ja immer gewußt. Das Feuerwehrauto war geradeaus gerast. Weit weg von meiner Mutter, weg von der Berch-Kerwa, weg von Erlangen.

Als dann plötzlich doch meine Mutter vor mir stand, konnte ich es gar nicht fassen. Nach diesem Schreck durfte ich noch dreimal Karussell fahren – natürlich im Feuerwehrauto!

Das Teufelsrad

In der Zeit, in der diese Geschichte spielt, war John F. Kennedy schon tot. In der Nacht vom 22. November 1963, lag ich sterbenskrank im Bett und verfolgte alles im ständig rauschenden Radio.

Am Nachmittag des 22. Novembers wollte ein Mixervertreter meiner Mutter einen elektrischen Haussklaven andrehen. Der eloquente Verkäufer zerhäckselte, ständig sabbernd, eine Schüssel voller praller Äpfel nach der anderen, in eine fleischfarbene, grobkörnige Masse.

„Schauen Sie, gnädige Frau, oben rein", er packte zwei, drei Äpfel, warf sie mit Schwung in den Glastrichter, sperrte mit einem Plastikdeckel den Glaskerker ab.

„Und dann dieses Knöpfchen gedrückt, und falls der Stecker steckt und Sie die Stromrechnung bezahlt haben, fertig ist die Laube."

Ehe die Äpfel begriffen, wohin die Reise ging,

waren sie Mus. Ich starrte bei jeder neuen Verwüstungsfahrt faszinierter auf den Mixer. Den Saft trank er, die breiige Masse, die sich faul vom umgekippten Mixertrichter in das rosa Eduscho-Glasschüsselchen quälte, bekam ich. Und da meine Mutter mit dem Kauf zögerte, und ich immer größere Augen beim „Schschschrrrrt" der elektrisch angetriebenen Apfel-Apokalypse machte, bekam ich ständig frischen Apfelbrei-Nachschub.

Schlaraffenland, Schla-Apfelland, wer hat den dicksten Apfelbreibauch im ganzen Land? Ich! Eindeutig ich!

Die Vorführung dauerte mindestens vier rosa Glasschüsselchen zu lange. Am Abend büßte ich das zögerliche Kaufverhalten meiner Mama. Der Apfelbrei nahm verzweifelt alle Ausgänge, die er in dem finsteren Magenlabyrinth finden konnte. Und alle Schleusen öffneten sich.

Ich lag also niedergestreckt von der Apfelernte eines Baumes, die elektrisch in löffelgerechte Portionen zerhäckselt worden war, in meinem Bett. Mein Schutzengel im Blechrahmen unter Glas hatte diesmal kläglich versagt. Und dann noch diese Nachricht aus Dallas: John F. Kennedy, mein Idol tot, erschossen.

In der Zeit, in der diese Geschichte spielt, war John F. Kennedy schon tot. Auf der

Berch-Kerwa war in diesem Jahr das Teufelsrad die Attraktion.

Im Mittelpunkt stand, genauer drehte sich
eine cirka 15 Meter im Durchmesser große
Holzscheibe. Drum herum, kreisrund, nach
oben aufsteigend, wie in einem römischen
Amphitheater, Stehplätze für 500 Erlanger.
Darüber wölbte sich ein tintenblaues Zelt.
Den magischen Gafferkreis zerschnitt an einer
Stelle die verglaste Sprecherkabine. Darin saß
ein Münchner am Mikrofon.
Auf dem Teufelsrad liefen verschiedene Spie-
le ab. Harmlose und solche, die eskalieren
konnten.

Eine harmlosere Variante war: Wer hockt am
längsten auf der Scheibe?
Und das ging so: Die Mitfahrer verteilten sich
auf das Teufelsrad, dieses begann sich langsam zu drehen. Der strategisch beste Platz
war im Zentrum der Scheibe! Dort saßen
immer die Stärksten. Die Stärksten halfen
nicht, sondern verteidigten ihren Platz im
Auge der Scheibe. Diese brummte, sobald der
Mann am Mikrofon Gas gab. Wenn man auf
der Holzscheibe saß, spürte man, wie sie
vibrierte. Das war das untrügliche Zeichen,
daß zum um sich schlagenden, breitärschigen
Hüter des Mittelpunktes, jetzt auch noch die
Fliehkraft als Gegner dazu kam. Die Schwa-

chen am Rand litten am meisten. Menschlein für Menschlein schleuderte, die jetzt zufrieden, tiefbrummende Holzscheibe, in das gepolsterte Manegenrund. Dabei gröhlte die immer irgend etwas mampfende Masse vor Vergnügen, wenn ein so Abgeschüttelter bei seinem Abgang auch noch eine blöde Figur machte. War es gar ein reiferes Mädchen mit Petticoat, dann stoppten die Hände für einen Moment den Fressalien-Transport und klatschten, die Augen weit aufgerissen, geil Applaus.

So langsam befreite sich die Scheibe vom unliebsamen Ballast, erreichte jetzt glücklich summend ihre optimale Laufleistung. Dann erscholl der Schlachtruf des Oberbayern am Mikrofon:

„Auf die Birne, auf die Stirne."

Jetzt kam er! Der ein Meter dicke Ball, der an einem starken Tau vom Zeltfirmament langsam auf das Teufelsrad herniederschwebte.

Relaxed kam er herunter, geführt vom Mann am Mikrofon. Nun brach die Zeit an, wo auch der Starke im Auge des immer mehr tobenden Holzscheiben-Hurrikans, händeringend Verbündete suchte.

„Hob, etz helfmer zamm", flehte dieser.

Manchmal haben wir Übriggebliebenen, zehn, zwölf, schwindlig gedrehten Kreaturen, zum Schein sein Kooperationsangebot angenommen. Sobald aber der Scheiben-Tyrann mit einer seiner Arschbacken auch nur einen

Millimeter aus dem Mittelpunkt herausrutschte, war er fällig. Der Mittelpunkt-Meister hatte zwar keine Fliehkraft auszubalancieren, aber dafür die engsten Drehungen auszuhalten. Die Folge: seine Birne war längst matschig; das Wiener Walzer-Schleuder-Syndrom hatte seinen Gleichgewichtssinn längst zur Aufgabe gezwungen.

„Hob, die fette Sau schubsmer naus."

Zwei, drei seiner Satelliten drückten, und schon war es um den Minuten-Kaiser geschehen. Er dankte ab. Aber wie! Völlig apathisch krachte er in sein Exil. Der kauende Pöbel beachtete ihn kaum. Inzwischen holperte sich bereits am äußersten Rand der Holzscheibe, der Ball-Hammer in Fahrt. Wir professionellen Teufelsrad-Fahrer wußten: Jetzt wurde es ernst, die überdimensionale Maisbirne wurde schnell, sehr schnell! Der Mann am Seilende kannte alle Tricks. Die drohende Gefahr schmiedete den letzten Rest zusammen. Im Zentrum schmiegten wir uns, wie Schiffbrüchige, aneinander.

„Auf die Birne, auf die Stirne", schrie der Ball-Killer ins Mikrofon.

Und da sauste die Lederkugel schon in uns hinein. Jeder Angriff riß böse Lücken. Wie Ertrinkende trieben die Getroffenen ab, die Hände haltsuchend weit ausgestreckt. Andere lagen auf dem Rücken, hilflos wie notgelandete Maikäfer trudelten sie auf einer

Schneckenhaus-Bahn in Zeitlupe von der Scheibe – schwereloser Abgang der Teufelsrad-Astronauten. Im Zentrum kauerten nur noch drei. Der Ball sauste nieder. „Bums".
Doch die drei saßen noch.
Einer der glorreichen drei stand auf. Tollkühn schnappte er sich den gepolsterten Quälgeist. Die Masse tobte. Zahnreihen bissen ins Leere – Freßnachschub abrupt gestoppt. Der Held am Ball riß den Bösen am Seilende beinahe aus der Sprechkanzel. Das Seil glitt aus der Rolle des Flaschenzuges und peitschte wütend das blanke Holz des Teufelsrades.
„Bravo!"
Aber jetzt stellten sich zwei Helfer gegenüber, an den Rand der Holzscheibe, nahmen ein langes Tau und trieben damit die drei in noch ärgere Bedrängnis. Kurz den Körper anheben, Seil unten durchschieben. Leicht gesagt. In der Regel war das das Ende der Teufelsfahrt. Einer nach dem anderen verlor bei diesem Balanceakt seinen Sitzplatz, gewann viel Sympathie beim Publikum. Dem Letzten spendete die Menge tosenden Applaus.
„Abgramt hamer", blökte der Mikrofon-Münchner.
Ein ohrenbetäubendes Pfeifkonzert war die Antwort.
Auf dem Teufelsrad wuchsen Freundschaften zwischen denen, die sich halfen. Feindschaften entstanden zu denen, die fett und satt in

der Mitte hockten und egoistisch um sich
stießen.

Einmal ging ich mit meinem Firmpaten
abends in das Teufelsrad. Der Münchner am
Mikrofon suchte zwei Boxkämpfer und eine
Ringrichterin. Ein Boxkampf auf dem Teufelsrad! Eine Dralle im Dirndl wollte Schiedsrichterin sein. Sie bekam eine Pfeife. Ein athleti-
scher Deutscher, breitbeinig, offenes Hemd,
Beatles-Frisur, löste sich aus seiner Clique.
Die jubelten ihm nach, einige prosteten hinter
ihm her. Von der anderen Seite der Arena
kam ein kleiner Südländer. Zwei Kumpel
klopften ihm lachend auf die Schulter, einer
nahm die azurblaue Anzugjacke und die
gestreifte Krawatte. Der Mikrofon-Bayer kün-
digte an.
„Ladys and Gentlemen, I'm proud to present
you, Rainer Deutschland gegen den Giovanni
Italien. Ringrichterin, die Helga aus Erlangen.
Jamei, paßts auf, Tiefschläge san nicht gestat-
tet. Geboxt wird zwa Runden. Komm Ringrichterin, pfeif me o!"
Aber dazu mußte sie erst aufs Teufelsrad aufspringen, das sich bereits langsam bewegte.
Die Helga sprang. Der linke Fuß hatte Stand.
Ihr rechter, nylonbezogener riß den linken
einfach mit fort. Halbe Rolle rückwärts, beide
Beinchen in die Höh, ab in den gepolsterten
Auslauf. Die Masse gröhlte, der Unterrock

klappte nach unten, verdeckte verschämt den Heka-Woll-Schlüpfer.

„Ja, was is Helga? Gema, gema, spring mer auf Fräulein. Und vergeß mer net, blas ins Pfeiferl." Die Helga sprang auf, ihr mächtiger Oberkörper schnellte erstaunlich flink nach vorne, der Büstenhalter aus dem Kaufhof hatte alle zwei Schalen voll zu tun. Die Helga balancierte wild herum, aber wenigstens stand sie. Sie pfiff. Der Giovanni hopste elegant auf die Scheibe, wartete auf den Rainer. Dieser grüßte siegessicher in Mohamed-Ali-Manier seine Freunde und dann die restlichen Zuschauer im Zeltrund, drehte sich zur Scheibe und sprang selbstsicher auf. Zu selbstsicher. Rainer war schnell in der Bauchlage, segelte der Helga in die strammen Waden, und beide begannen sich, in einer eineinhalbfachen gemütlichen Drehung nach draußen zu bewegen. Der Rainer landete weich auf der Helga. Die pfiff bei diesem Sandwich-Flug ihre Angst unentwegt schrill ins Publikum.

„Ja, eam schauts o. Du sollst net flirten, sondern boxen, Bua."

Giovanni stand inzwischen leicht geduckt, locker im Zentrum der Scheibe. Helga sprang auf, landete, ruderte, beugte sich mehrmals tief nach unten, zeigte erneut viel. Rainer sprang auf, landete auf allen Vieren. Hinten zwei Schuhe, vorne zwei Boxhandschuhe.

„Boxen sollst Bua, net krabbeln."

Die Masse lachte, Rainer wurde rot. Er stellte sich auf, stand mit dem Rücken zu Giovanni. Riß die Fäuste herum, wollte dem Italiener eine verpassen, vergaß aber die Scheibe, flog bildschön. Diesmal ohne Helga, die hatte sich Sekunden vorher mit einem schlampig geschraubten Hausfrauen-Auerbacher nach draußen gerettet.

„Erste Runde, Vorteile für den Spaghetti."

Die Masse wurde ungeduldig, wollte jetzt endlich den Deutschen boxend auf der Scheibe, nicht ständig herunterfliegend, sehen. Neben mir sagte einer zu seiner Frau.

„Wie er scho dasteht, der Itaker."

Und gebrüllt hat er:

„Etz geh halt endlich hi und haune ane nauf auf die Goschn, dasser aus seine Angeberschuh kippt."

Applaus! Einige skandierten „Rainer, Rainer." Ein anderer schrie:

„Klopfna alldente."

Immer mehr im Zelt zogen mit. Gegenüber riefen die zwei Italiener:

„Giovanni".

Nur einmal, denn die Umstehenden verbaten sich das eindeutig.

„In unserm Zelt brülln mir", explodierte einer aufgebracht, der neben den zwei Gastarbeitern stand.

Giovanni wartete immer noch drehend in der Mitte. Die Scheibe brummte zufrieden, quietschte kurz auf, als Helga ihre 80,5 kg auf das Holz stellte. Sie stand, pfiff, Rainer sprang, rannte diesmal gleich zur Mitte und schlug links, rechts, links – eine kraftvolle Dreierkombination. Sein und der Schwung der Scheibe rissen ihn erneut zu Boden. Giovanni bückte sich, half ihm auf. Und bevor Rainer stand, haute er nach seinem mediterranen Samariter. Giovanni verlor das Gleichgewicht, ging in die Bodenlage. Der Rainer schlug weiter auf sein knieendes Ziel. Giovanni purzelte nach draußen, die Masse jubelte.

„Ja, was Spaghetti, nix gehen in Heimat, Du boxen."

Rainer hatte jedoch einen Pyrrhus-Sieg errungen. Er kämpfte arg mit Fliehkraft, Scheibendrehung und vor allem mit seinem Stand.

Nach einigen Drehungen des Teufelsrades verlor er dieses Duell, stürzte an den Rand, nahm wieder die Schiedsrichterin mit. Umklammerte sie von hinten – Libellen-Paarungsflug.

Der Rainer rappelte sich auf, stellte den Italiener, bevor dieser auf die Scheibe aufspringen konnte. Schlug auf ihn ein. Sicher geworden, durch den festen Boden unter seinen Füßen, traf er jetzt auch. Das prall gefüllte Zelt beklatschte jeden Treffer. Der Rainer traf oft. Die Helga stellte sich daneben, pfiff dazu auf ihrer schwarzen Pfeife, streckte ihre Brüste heraus, machte eine gute Figur, genoß sichtlich ihren Auftritt. Das vollbesetzte Zelt rülpste zufrieden, stierte aus bierfeuchten Augen auf den hauenden Rainer. Doch dann wehrte sich der Giovanni. Er riß sich seine Boxhandschuhe von den Fäusten, schenkte dem Rainer eine ohne Boxhandschuh-Polsterung ein, die den ins Land der Träume schickte. Die Masse jaulte auf, der Giovanni flüchtete zum Ausgang, wo seine zwei Kollegen bereits warteten.

„So sinds, die Itaker. Hinterfotzig! Mich wunderts bloß, daß der ka Messer zogn hat. Bei der Eisenbahner Wertschaft, dem Hufeisla, hams erscht vor a paar Tog an zamgstochn, des Gastarbeiter-Pack", geiferte der neben mir.

„Aber im Sommerurlaub, druntn in Jesolo, da schwänzlns scheinheilig um an rum", sagte seine Frau, auf deren Backen und Hals immer noch hahnenkammrote Flecken, vom deutsch-italienischen Boxkampf erregt, leuchteten.

„Weils unser Geld wolln, deswegn sins bei sich daham so scheißfreindli."

Doch der durchblutete Kopf seiner Vermählten brachte ihn noch auf einen weiteren Aspekt.

„Außerdem wollns unsere deitschn Weiber befummeln", und dabei schaute er vorwurfsvoll auf ihre wasserstoffblonden Haare.

„Aber die provozierns ja a, die Weibsbilder. Und dann is des Gschrei groß, wenns so a Babagallo packt."

Er funkelte sie bitterbös an, so als ob er sie gerade in flagranti in ihrem Hotel „Venezia" in Jesolo mit dem Alberto erwischt hätte. Sie sagte gar nichts mehr. Dachte zurück an den letzten Italienurlaub. Damals hatte ihr Angetrauter den Chianti unterschätzt. Lag mit dem Kopf auf dem Cafétisch. Die vierköpfige Band spielte gerade „Marina", und da kam der Kellner aus dem Hotel „Venezia".

„Bella Signorina, wollen tanzen?"

Der Ihre blies schnarchend Chiantidampf in die wie verrückt sternenbesetzte Augustnacht, sie bekam Flecken auf Backen und Hals, der Alberto strahlte sie an. Sie tanzte mit ihm. Nur einmal, da sie fürchtete, ihr ehelicher Träumer würde plötzlich doch hochschrecken, sie mit dem Ausländer erwischen. Nur einmal hatte sie mit dem Kellner Alberto getanzt. Nur einen Tanz lang.

„So a Mausfalln-Händler", brüllte er, sie zukkte zusammen und das überfüllte Zelt schnaufte durch, wartete auf den nächsten Kampf.

Der Franz Josef Degenhardt sang in der Zeit, in der diese Geschichte spielt, vom Gastarbeiter Tonio Schiavo, geboren, verwachsen im Mezzogiorno, der in die Ferne zog, ins Paradies, und das liegt irgendwo bei Herne.

Übrigens: Pizza war in der Zeit, in der diese Geschichte spielt, noch undenkbar auf der Berch-Kerwa. Meine Mutter warnte mich ausdrücklich vor dem „Gfress".

„Was manst denn, was die alles da drauf schmeißn."

Dennoch, ich werde nie die erste Pizza vergessen, die ich aß. Beim Nino neben den Lamm-Lichtspielen. Pizza Salami, eine Cola, damals zusammen fünf Mark. Zuerst ins Kino und dann zum Nino. Döner Kebab kannte noch niemand.

In der Zeit, in der diese Geschichte spielt, war das Teufelsrad auf der Berch-Kerwa die Attraktion. Aber abends ging ich nie mehr hinein.

Das Riesenrad

In der Zeit, in der diese Geschichte spielt, wurde der 1. FCN zum letzten Mal Deutscher Fußballmeister. Max Merkel holte mit Wiener Schmäh, Zuckerbrot und Peitsche, alles aus den Noris-Kickern um Wabra, Wenauer, Volkert und Strehl. Keiner ahnte, in der Zeit, in der diese Geschichte spielt, daß der Club nur ein Jahr später in die Zweitklassigkeit stürzen würde.

Auf dem Berch war es in der Zeit, in der diese Geschichte spielt, das höchste, mit einem Mädchen Riesenrad zu fahren. Ungestört, zu zweien, in den möglichst dunklen Nachthimmel gehoben zu werden. Unten die tobenden Massen. Elektronisch gepeitschte Musik von den beiden angrenzenden Karussells, die dem Riesenrad auf den Füßen standen. Ihm nur eine Chance ließen, wirklich groß zu sein: senkrecht nach oben! Strebe für

Strebe wuchs es himmelwärts. Dort oben, im mindestens sechsten Himmel, das gedachte Paradies für Pubertierende. Unten die Hölle der Gaffer. Die Gürtellinie der Moral trugen Mann und Frau in der Zeit, in der diese Geschichte spielt, nämlich noch sehr hoch.

Oswald Kolle klärte zwar schon schonungslos via Zelluloid auf. Pflanzte Orgasmus-Rekordsucht manch einem männlichen und weiblichen Bürgerlein tief in die Hirnrinde. Spornte an zu rekordverdächtigen Bettspagaten für zwei in einem Doppelbett. Jedoch alles hinter ritzendicht heruntergelassenem Rollo. Indisches Kamasutra im Preßspan-Schleiflack-Geviert. Decamerone, zwar oben ohne, unten schwarz bestrapst, aber vorher ganz in Weiß, per Trauschein die Schweinerei legitimiert. Aber die Gürtellinie der Moral verschob es dadurch keinen Millimeter! Auch Elke Sommer, fast hüllenlos mit fast nichts in der Quick, entrüstete mehr, als daß sie die Prüden wirklich knackte.

Im Gegenteil! Unsere Nachbarin kam direkt aus der Marienandacht in unsere Wohnküche gestürzt.

„Hast die Bambl gseng? Nackerdi hatse si in der Illustrierten fotografieren lassn."

Holte das Corpus delicti aus der Handtasche. Das war dort Rosenkränze lang, zwischen Gebetbuch, Totenbildchen, frisch gebügeltem Taschentuch mit Initialen, drei Em-Eukal Bon-

bons und einem Fläschchen 4711 gelegen. Also, den Dialog zwischen Gebetbuch und den herausgefetzten Illustriertenseiten mit der Elke Sommer mit fast nichts an, hätte ich zu gerne belauscht. Die Nachbarin haute die zusammengefalteten Lesezirkelseiten auf den Küchentisch. Diese klappten, unter dem erregten Druck ihrer ausgespreizten Finger, genau an der entscheidenden Stelle auf. Und da lag die Erlanger Pfarrerstochter Elke, mit fast nichts an, vierfarbig, auf dem Kopf, unter der nackten 50 Watt Birne, auf dem da und dort farblos gescheuerten Küchenwachstuch aus der Heka. Die Sommers Elke, von der die Alterlanger sich die Fensterl-Stories mit die „Studentli" erzählten. Die so katholisch, entrüstet hingehauten Heftseiten waren kaum zur Ruhe gekommen, da hatte mir meine Mutter schon eine geschmiert.

„Des is nix für Dich, Saubu, so a Sauerei lernst no früh genuch."

Meine Erziehungsberechtigte schmiß mich hinaus. Die Chance, mich anatomisch weiterzubilden wurde jäh gestoppt. Durch das geöffnete Küchenfenster hörte ich die beiden noch lange über die verlotterte Moral geifern. Nur unterbrochen von einem Stamperl Kirschlikör, den meine Mutter bei solchen inquisitorischen Nachbarschaftsgesprächen immer kredenzte.

Erst Jahre später verstand ich die Aufregung der beiden. Der Dialog zweier älterer Damen im Westbad hat mich mit der Nase draufgestoßen.

„Also früher, oben ohne, des wär doch undenkbar gwesen. Etzertla defert mer, etz is für mich undenkbar."

Natürlich habe ich mir später die anstößigen Fotografien in der Quick angeschaut. Ich fand die Sommer sexy und ich bin heute noch stolz darauf, sie immer wieder mal in Erlangen zu sehen.

Aber, in der Zeit, in der diese Geschichte spielt, trugen Mann und Frau die Gürtellinie der Moral noch weit oben. Und immer fällt mir in diesem Zusammenhang die Geschichte eines Mannes aus der Nachbarschaft ein.
Der heiratete, schwängerte aber die Schwester seiner Angetrauten. Das wurde natürlich vertuscht; was nicht sein darf, das ist auch nicht!

Auf der Berch-Kerwa war es in der Zeit, in der diese Geschichte spielt, das höchste, mit einem Mädchen Riesenrad zu fahren. Ich stand mit meiner Freundin in der Menschenschlange vor dem tausendbirnigen Riesenrad. Ich dachte mich bereits nach oben. Sie im Arm. Den Fast-Vollmond über Kosbach, funkelnde Sterne: Rote Lippen soll man küssen.

Mit einem Seitenblick überprüfte ich ihre Lippenfarbe; rot, na also, stimmt auch – denn zum Küssen sind sie da. Noch drei Paare vor der Kasse. Eine angelaschte, schief auftoupierte Blonde, tauschte Geld gegen Gondelglück. Jetzt bloß keinen treffen, den ich kenne. Die Angst vor der dämlichen Frage: „Sche, daß me sich segn, fahrme mitanander?" beschleunigte meinen Herzschlag. Zusätzlich wirkte die bloße Nähe meiner Freundin außerordentlich frequenzsteigernd auf mein pubertäres Herz: Rote Lippen sind dem siebten Himmel ja so nah. Genau noch zwei Paare vor mir, und dann mit dem Riesenrad ab in den mindestens sechsten Himmel.

Meine Finger suchten Geld in der Jeans – reichte es? Noch ein Paar.
„Zwamal."
Die Kassiererin der Siebten-Himmel-Tickets fragte:
„Kinder oder Erwachsene?"
Blutorangenröte schoß in mein Gesicht. Sieht die dämliche Kuh meinen Schnurrbart nicht?

In der Zeit, in der diese Geschichte spielt, habe ich mich schon rasiert, genauer: naß verletzt, Knabenhaut mit scharfem Metall malträtiert. Die Oberlippe aber ausgespart – es flaumte prächtig. Und die fragte mich: „Kinder oder Erwachsene?"

Wie an der Kinokasse: Bei den Filmen ab 18 Jahren holte der Größte der Clique die Karten. Ein Trauerspiel, im Alleingang „Das Schweigen" in den Schwanen-Lichtspielen sehen zu wollen. Die Kinokarten-Despotin fragte:

„Wie alt?"

Ich nahm den Kaugummi aus dem Mund und schmiß ihr cool hin:

„Solli mein Führerschein aus mein Käfer holn?"

„Ja!"

Mein Rückzug, jämmerlich. An den Wartenden vorbei, der Kaugummi pappte zwischen Daumen und Zeigefinger, mein Puls wie der vom Cluberer Gorsch Volkert nach einem seiner legendären Flankenläufe.

„Was jetzt, Kinder oder Erwachsene?"

Trotz knappestem Taschengeld-Budgets verpaßte ich dem Riesenrad-Zerberus ein Stimmbruch vortäuschendes, baßiges:

„Zwamal Erwachsen!"

Die gelbe Gondel schaukelte auf uns beide zu, der tätowierte Arm mit „In Liebe Sonja" in zerfließendem Westbad-Blau, öffnete den Karabinerhaken. Hingesetzt, ein Strickjackenarm, mein Strickjackenarm, legte sich keck um die Schultern der roten Lippen und los ging es. Nicht ganz, denn der tätowierte Arm, mit der Kippe im Mund, schnullte noch:

„Come on, hurry up aweng, get in der Gondel!"
Und zack, nahmen zwei Amerikaner in unserer schaukelnden Liebeslaube Platz. Nichts mit ungestörtem sechstem Himmel. Nichts mit roten Lippen küssen Tag und Nacht. Nicht mal für zwei Minuten dreißig Sekunden durfte ich der Moral den Rücken zudrehen. Zwei Amerikaner: Ein Nüchterner mit halbvollem Krug, einer ohne Krug, aber ganz voll.
„Do you like the strawberryhill?" strahlte der mit der Bierreserve in der Hand.
Der mit dem Bier im Bauch staunte ungläubig nach oben. Ich wollte nicht reden, sondern küssen.

Das Riesenrad fuhr knatzend los. Langsam hob es uns in den leicht gekühlten Nachthimmel. Der Kosbacher Fast-Vollmond hing neben unzähligen Sternen. Ganz oben, kurz bevor der Magen diesen kleinen Hüpfer macht, da muß der siebte, also mindestens der sechste Himmel anfangen. Aber nicht mit zwei GI's in der Gondel. Bei der zweiten Sechsten-Himmel Berührung griff der Lallende nach vorne, an das kleine, abgegriffene, kreisrunde Metallrad. Die Gondel bewegte sich leicht. Mein Blick auf den spärlich beleuchteten Wiesenweg, auf Alterlangen geheftet, wurde nach Bruck abgelenkt. Ausgerechnet Bruck! Der nüchterne GI durchschaute die Funktion des Metallrades. Der

Promill-Umgenockte begriff längst nichts mehr und lallte:
„We are in the space, that's a nice place."
Der Nüchterne fragte mich:
„Do you like twisting?"
Was meinte der? Mein Schulenglisch war überfordert. Aber meine anerzogene Freundlichkeit rang meinen Stimmbändern ein „Yes" ab. Und da drehte der nüchterne Ami. Erst langsam: Uttenreuth, Bubenreuth, Alterlangen, Bruck. Dann schneller: Ureuth – Bureuth – Altlang – ruck. Noch schneller: U – Bu – lang – ruck. Er steigerte die Kreisbewegung nochmals, mein geographischer Horizont weitete sich: Speidorf, Reiher, Kotzbach, Brechberg. Trotz Weibchen im Arm brüllte mein Magen rülpsend um Hilfe; jedoch war kein Blut greifbar, um in meinem Gesicht schamrot zusammenzulaufen. Da griff der biergeschädigte Ami ins Rad:
„Please John, stop the devil moonrocket."
Und der Budweiser-Bub, den das Berch-Starkbier auf der falschen Leber überrascht hatte, stand auf, die Gondel schwankte bedenklich:
„I want to go home."
„Ich a!"

In jedem Football-Team hätte sich die Defense die Finger nach diesem Fleischberg geleckt. Zum langsamer werdenden Drehen kam jetzt auch noch das beachtliche Schaukeln unseres Gefährts. Und während die gelbe Gondel, aus dem hellen, dudelnden, duftenden, strömenden Bezirk in die gekühlteren Hemisphären abhob, tappte der von fränkischem Bier schwer verseuchte, amerikanische Gulliver weiter in der Gondel herum. Nicht gerade so elegant wie Fred Astaire, aber so zielstrebig wie Frankenstein. Er wollte aussteigen! Der nüchterne Ami stand jetzt auch noch auf. Eine windige Latte war er.

„Don't be afraid."

In meiner beginnenden Panik hörte ich nur noch wie der Nüchterne den Tarzan-Verschnitt mit Fred anbrüllte. Ich schrie:

„Ja please stoppens halt ihrn bsoffna friend Fred!!"

Aber wie sollte dieses Leichtgewicht den Fleischberg aufhalten? Der Kolossale bremste sich selbst. Wie der nämlich plötzlich merkte, daß die Gondel ausgedreht hatte, ließ er sich auf das Polster fallen, faßte nach vorne und drehte wieder am Metallrad.

„I like to go around, around …"

Ich blickte in die Dunkelheit; Uttenreuth – Bruck – Alterlangen – Bubenreuth. Die Gondel beschleunigte sich rasant, aber in die andere Richtung. Doch je schneller das Mistding wurde, um so unwichtiger die Drehrichtung: U – ruck – lang – bu. Orientierungspunkte sprangen weg, verschwammen ineinander, wurden zum zirkulierenden, kreisrunden Wall. Der stämmige Ami hatte eine Mordskondition, ich Schweißausbrüche. Das Kreischen meiner Freundin für ihn erneuter Ansporn. Das Handtuch klemmte den Krug zwischen seine Jeans-Knie und kurbelte mit und sang:

„All you need is love …"

„Quatsch! Ich need ka love Ami, an Amer brauchi, ich spei glei!" winselte ich.

Dieser NASA-Test würde vielleicht heute noch laufen, wenn nicht auf einmal der tätowierte Arm fürchterlich gebrüllt hätte:

„Kreizdunnerwetter, bledes Amivolk, halt halt die Gondel o!"

Ich war ihm keine Hilfe. Ich hing halb ohnmächtig im Haarspray meiner Geliebten, was meinen Gesamtzustand auch nicht gerade förderte. Sie lehnte leblos, linnenblaß in der Gondel. Die beiden Amis fanden nach wie vor alles „very phantastic". Der Tätowierte donnerte:

„Fahrt halt mit der Todesspiraln, ihr Knaller!" und versuchte, immer wütender werdend, die wirbelnde Gondel des schon lange stehenden Riesenrades abzubremsen. Der Dürre kapierte endlich, goß den halben Liter Erichbräu über das Muskelpaket. Da ließ der endlich ab vom Kurbeln.

„Damned, it's raining", erklärte er sich lallend den Gerstensaft-Duscher.

„I hope, you had fun", meinte der Dürre zu mir. Der Hamburger-Herkules konzentrierte sich auf's Laufen, sagte gar nichts.

Fun? Und wie!

Schwankend, kreidebleich kamen wir zum Autoscooter zurück. Der Kommentar aus der Clique:

„Schau ner hie, die hat na ohnmächtig knutscht."

Und diese Fehlinterpretation ließ ich unwidersprochen stehen – nicht nur wegen meiner Kreislaufbeschwerden.

Die Krokodil-Show

In der Zeit, in der diese Geschichte spielt, da habe ich mit meinem Freund vor dem Beichten manchmal Sünden getauscht. Er sagte dem, hinter einem mit Holzleisten vernagelten Fensterchen, eine Sünde von mir. Ich flüsterte eine Verfehlung von ihm, durch das weihrauchgeschwängerte Halbdunkel. Der eine wartete dann auf den anderen vor dem Beichtstuhl. Wir knieten uns in eine, der in Reih und Glied devot wartenden Bankreihen und verglichen die aufgebrummte Buße. Und wenn der Freund ein „Vaterunser" oder ein „Gegrüßet seist Du Maria" mehr ableisten mußte, dann übernahm ich schon mal ein Gebet für ihn. Dem lieben Gott ist es sicher egal, wer es betet, dachte ich. Hauptsache: es ist gebetet.

Das Straßenkehren nahm ich immer als Vergleich, vor meinem katholisch, gedrillten Beichtspiegel-Gewissen. Wer die Straße kehrt, ist schließlich auch egal, Hauptsache: sie ist gekehrt.

In der Zeit, in der diese Geschichte spielt, war übrigens das Straßenkehren ein ständiger Streitpunkt zwischen mir und meiner Mutter.

„Die sicht mer doch vom Haus aus gar net", jammerte ich immer, wenn mich meine Mutter samstags nach der Schule am Zaun erwartete. Sie drückte mir den riesigen Besen mit den widerspenstigen Borsten in die Hand und sagte unwiderruflich und streng:

„Aber die Nachbern segns."

„Des is mir doch worscht, was die Nachbern segn."

„Aber mir net und etz kehrst die Straß und basta!"

Basta bedeutete in ihrer Erziehungswelt: Ende der Debatte. Wenn ich an dieser Stelle weiter lamentierte, legte meine Mutter den nächsten Gang in ihrem erzieherischen Getriebe ein. Sie schaltete von Wort auf Hand um. Widerrede nach basta bedeutete: patsch; rechts, verdeckt geschlagene „Watschn". Dieses Regelwerk war heilsam, zeitsparend und im Rückblick auch gar nicht schädlich.

Es funktionierte einige Jahre ausgezeichnet. Und so kehrte ich in der Zeit, in der diese Geschichte spielt, samstags regelmäßig unsere Straße. Schob den viel zu großen Besen lustlos vor mir her. Die Borsten wirbelten die wenigen Sandkörner nur so durch die Samstag-Nachmittagsluft. Da und dort duftete es nach Kaffee und Kuchen. Da unsere Straße regelmäßig von mir gekehrt wurde, hätte man darauf essen können.

Doch irgendwann war der erzieherische „Basta-Zauber" gebrochen. Ich debattierte nach dem mütterlichen Basta weiter. Bei der rechts, verdeckt geschlagenen „Watschn", duckte ich mich. Ihre nachgeschobene Linke tänzelte ich geschickt aus. Ich hatte ja schließlich in der Zeit, in der diese Geschichte spielt, genügend Boxkämpfe von Cassius Clay, zusammen mit meiner Mutter im Fernsehen gesehen. Sie, der große Fan von Max Schmehling, ließ keinen Boxkampf im Fernsehen aus.
Also, ihre Handarbeit ging ins Leere, und sie schaltete, für mich unerkannt, in den nächst höheren Gang, auf der nach oben offenen Erziehungsskala. Sie resignierte:
„Neija, dann geh halt!"
Ich ging. Das Spiel lief einige Samstage so. Bis mich meine Gutmütigkeit – oder war es mein schlechtes Gewissen – packte. Ich fragte an einem Samstagnachmittag doch mal wieder:
„Hast was für mich zum tu?"
„Na", ihre prägnante Antwort.
Ich ging, spielte auf dem DJK-Platz Fußball, bis der liebe Gott die Sonne ausschaltete. Als

ich, immer noch von versiebten Tor-Chancen träumend, nach Hause kam, saß meine Mutter in der halbdunklen Küche.

„Is was?" fragte ich.

„Mei Herz! Des Straßnkehrn strengt halt ganz schee o."

„Aber ich hab Dich doch gfragt, obst was zu tu hast."

„Des mußmer doch selber segn, und wennst des net sichst, dann machis halt selber."

Dieser Schachzug war natürlich wesentlich wirkungsvoller als das harmlose Basta-Spiel. Ich habe wieder zum Besen gegriffen, jahrelang gekehrt, Unkraut gezupft, Auto gewaschen und mit anderen Unnötigkeiten so manchen jugendlichen Fußball-Kick unwiederbringlich versäumt.

In der Zeit, in der diese Geschichte spielt, kam eine Krokodil-Show auf die Berch-Kerwa. Krokodile kannte ich aus der Fernsehserie „Abenteuer unter Wasser". Und jetzt diese Viecher auf der Kerwa. Einen Großteil meines Taschengeldes investierte ich in diese Attraktion. Vor dem Zelt pries einer mit nacktem Oberkörper, Turban und Mikrofon, die Weltsensation an.

„Treten sie näher, meine Damen und Herren. Sechs Bestien werden Ihnen das Fürchten lehren. Die Größte acht Meter lang."

„Des glabst doch selber net, alter Mufti. Acht

Meter, des paßt doch net nei in Dei Vier-Mann-Zelt", der Kommentar aus der glotzenden Masse.

„Gestern noch wild am Nil, heute hier in, ähh, bei uns in der Vorführung."

„Vom Nil werders ham, ausgrechnet vom Nil. Vom Nembercher Tiergarten hast des gstolln, aus der Siechenabteilung hast die Zahnlosen mitgeh lassn."

„In dem tausende Liter Wasser fassenden Glasbassin, da lauern sie."

„A Liter Kitzmann wär mer lieber. Und die Krokodill a, da hättens wenigstens was von ihrm Lebn. In aner Dur wärns bsuffn. Da wärs ihna sogar worscht, wennst ihna an Henkl hinnähast und in der Heka als Handtäschla verkafn tätst."

„Und diese charmante Artistin steigt dann zu den Ungeheuern ins Becken."

Ein Neger haute auf einen riesigen Gong. Eine, nur mit rotglimmernden Bikini Bekleidete, Langbeinige, sicher auf hohen Absätzen daherschreitende Langhaarige kam hinter dem Vorhang heraus. Makellose Figur, makellose Haltung, da stand die Schöne, hundertfach angeglotzt. Das rechte Bein in Mannequin-Manier schräg vorne abgestellt. Beide Arme in den Hüften. Die Männer, die allein waren, gafften offen. Und die Männer, die ihre Frau dabei hatten, fixierten verstohlen das fremde Fleisch. Mütter zogen ihre Söhne weiter.

„Krokodüll und der Kaschber segn will."

„Mein Gott, da is ka Kaschber zum segn", jammerte die Mutter.

„Aber Krokodile kennter amol segn unser Bu", schaltete sich salomonisch der Vater ein.

„Du willst doch bloß die Bikini-Schnalln oglotzn!" fauchte sie.

„Krokodüll segn will, frißt die Großmutter auf", quengelte der Kleine.

Die Oma, die im Familienpulk auch mithatschte schrie ihren Schwiegersohn an:

„Da sichst amol, was Dei Erziehung bringt – nix. Mei eignes Enkela wirft mich die Krokodile zum Fraß vor."

„Da brauchst ka Angst ham, Dich knabbert kans o, die stenna auf Frischfleisch. Krokodile schaua aufs Verfalldatum, Verwestes lassn die glatt liegn."

„Kaschber, Krokodüll", krakeelte der Kleine und sein Vater klebte ihm eine.

„Schlag mein Bu net", und sie schlug ihren Mann.

Die Oma schlug ihre Handtasche und lamentierte: „Mit Dir hamer an Fang gmacht."

„Krokodüll", bläkte der Stammhalter immer penetranter und dabei war gar keins zu sehen. Nur diese nicht enden wollenden Beine mit signalrotem Stoffdreieck im Schritt.

„Die soll zu mir runtersteign und net nei zu die Krokodile!"

„Diese Schöne wird dann als Höhepunkt unserer Schau ihren Kopf in den Rachen zwischen die 300 Zähne des acht Meter langen Monsters stecken. Versäumen Sie diese nervenaufreibende Darbietung nicht! Kommen Sie jetzt. Beginn in wenigen Minuten."

Der Neger gongte, die Frau drehte sich, verschwand mit männerverwirrendem Hüftschwung hinter dem Vorhang. Und dahin drängte nun gewaltig die Masse.

„Die mußi a im Wasser segn."

Geld wechselte den Besitzer. Gerade gekaufte Eintrittskarten wurden ratsch vom Gong-Neger entleibt. Hinter dem Vorhang das Wasserbassin und die sechs Krokodile hinter Glas. Die Bestien lagen müde herum und machten gar nichts; Rollmöpse im Glas – Gerollte vor dem Glas; Nilabenteuer in Aspik. Und draußen hatten der Turban am Mikrofon und der Neger am Gong wieder Position bezogen.

„Treten Sie näher, meine Damen und Herren. Sechs Bestien lehren Ihnen das Fürchten…"

Den Zuhörern vor dem Vorhang rieselten da vielleicht die ersten Schauer über den Rücken. Aber bei mir, hinter dem Vorhang, wenige Meter von den Bestien entfernt, rieselte gar nichts. Friedlich schnarchten die schuppigen Baumstümpfe. Schon ein Augenzwinkern nahm ich dankbar als Lebens-Beweis.

„Diese charmante Artistin…"
Gong!
Und die Absätze der Schönen klapperten drei Schritte lang auf der abgescheuerten Bohle. Sie stellte sich todesmutig der mindestens acht Meter langen Menschenschlange auf der anderen Seite des Vorhangs. Sie stellte sich der Menschenschlange neunzehnmal pro Tag – neunzehnmal wurde sie verschlungen – mit Haut und Haar. Sie stellte sich, zwinkerte nicht mal mit den Augen. Fixierte die Menschenschlange; die raunte, schlängelte sich geil, grunzte; manchmal pfiff sie. Die Schöne vor dem Vorhang opferte sich grazil. Nur ihre blonden Nackenhärchen stellten sich panisch auf – innerlich starb sie neunzehn Tode pro Tag.

Hier, hinter dem Vorhang, lief die Siesta für sechs Schnarch-Krokodile und 43 Übertölpelte weiter.
„… Beginn in wenigen Minuten!"
Gong!
Füße scharrten über Holzstiegen nach oben. Geldstücke hauten sich den Silberrand am Zahlbrett an, Karten wurden von der Rolle gefetzt und wenige Augenblicke danach vom Gong-Neger ritsch, entzwei gerissen. Und dann schwappte die nächste Fuhre ins Zelt. Aber im Bassin schwappte nichts, überhaupt nix.
„Die Krokodil muß aner aufweckn."

Der Turban nahm ein Mikrofon und berichtete über die Heimat der blutrünstigen Reptilien. Aber jetzt konnte er sie nicht mehr gefährlich reden.

„Kinder wurden schon aus dem Bauch solch eines Riesens gerettet. Er hatte es verschluckt und kurz danach schnitt man den Leib des Ungeheuers auf, und der Knabe lebte noch."

„Und wenn sie nicht gestorben sind, dann leben sie noch heute!"

Nein, diese Schlafabteilung vor Augen, wurde das alles immer lächerlicher. Und dann kam die Schöne. Stieg die Leiter zum Becken hinauf. Ihr Mantel fiel rauschend auf den obersten Treppenabsatz, von da rutschte er langsam die Treppe hinab. Sie stieg aus ihren hohen Schuhen, schlenzte sie mit Schwung weg, bekreuzigte sich und kletterte die Leiter auf der anderen Seite ins blaßgrüne Wasser der Erlanger Stadtwerke. Die Viecher auf der Plastikinsel rührten sich nicht.

„Des sin doch Attrabn!"

Und als ob die Schöne das gehört hätte, packte sie ein Krokodil am Schwanz, zog es in die müde, abgestandene Brühe. Es öffnete die Augen. Beweis: noch am Leben. Sie öffnete dem Krokodil das Maul und steckte kurz ihren Kopf hinein.

„Und hats Mundgeruch?"

Selbst der absolute Höhepunkt nicht vom Zuruf verschont!

„Und das war's", sagte der Turban.
Der Neger gongte. Die Schöne watete an den Bassinrand, stieg auf die oberste Leitersprosse, verneigte sich. Die sechs Krokodile schliefen schon wieder, träumten von ihren ägyptischen Verwandten irgendwo am Nil.

Ich war so enttäuscht.
Gleich links neben der Krokodil-Taschengeld-Falle war mein Popcorn-Lieblingsstand. Für 50 Pfennig bekam man, in der Zeit, in der diese Geschichte spielt, einen halben Meter Popcorn. Und den brauchte ich jetzt dringend, nach dem Krokodil-Reinfall.

Später verstand ich, daß bei dieser Berch-Attraktion sehr wohl ein äußerst schwieriger Dressurakt stattgefunden hatte. Nicht hinter dem Vorhang bei den Krokodilen in der waldmeister-grünen Brühe. Sondern vor dem Vorhang: Die Schöne und die Menschenschlange.

Das Fliegerkarussell

In der Zeit, in der diese Geschichte spielt, machte ich Tanzkurs. Meine Mutter bestellte deshalb für mich den ersten Anzug beim Otto-Versand, sogar mit Weste. Ich weiß noch genau, wie ich erschrak, als ich das zweireihige, mausgraue, nadelgestreifte Ungetüm zu Hause am Kleiderschrank meiner Mutter hängen sah. Dazu ein fastenlila Hemd mit gigantischem Kragen. Abgerundet wurde die Tanzschul-Uniform von einer Krawatte, deren Stoff heutzutage locker für ein kurzärmeliges T-Shirt ausreichen würde. Darunter lauerten spitze, schwarze Lackschuhe mit drei schmalen Schnallen plus Druckverschluß auf meine turnschuhverwöhnten Füße. Ja, der Otto lag voll im 60er-Trend und meine Mutter dank des Katalogs auch.

Ich hatte kaum meine Schultasche abgestellt, da befahl sie schon schrill – selbst die Keller-

asseln im Kohlenkeller standen stramm:
„Hob, des probier mer etzertla o!"
Was hieß da „mer". Ihr freudiger, wilhelmini-
scher Kasernenhof-Ausbruch galt natürlich
mir, nicht dem „mer". Ich sollte mich in diese
schneiderische Wahnsinnstat hineinzwängen!
Ich schämte mich schon, damit nur in der
Wohnküche zu stehen. Hoffte, daß nicht gera-
de jetzt einer der Nachbarn kommen möge.
Diese Quasi-Mode-Maskerade, das schwor ich
mir hoch und heilig, würde ich niemals in der
Öffentlichkeit tragen.

Das Anprobieren bestätigte meine schlimm-
sten Befürchtungen. In der Hose war noch
Platz für zwei. Das Jacket glich mehr dem
Notbiwak einer Himalaja-Expedition. Doch
was der Otto-Stilist bei Hose und Jacke ver-
geudet hatte, das vermißte ich schmerzlich
beim Hemd. Schon der vorletzte Hemdknopf
ließ mich die Gefühle von Tom Dooley kurz
vor dem Tode durch den Strang, gurgelnah
erleben. Der oberste Knopf erklärte mir prak-
tisch, wie eine Garrotte funktioniert. Was toll
paßte: die Lackschuhe. Ich mochte sie sofort!
Im letzten Beatclub traten nämlich die Kings
genau mit solchen Schuhen auf.
„Neija", sagte die Minna, „dann tauschmer
halt die Klamottn wieder um."

In der Zeit, in der diese Geschichte spielt,

war ich total verknallt in meine Tanzpartnerin, die Hanne. Sie aber nicht in mich, sie liebte eine GI. Der Ami machte zwar keinen Tanzkurs, aber selbst beim langsamen Walzer tanzte er ständig mit, trampelte zwischen meinen Gedanken herum. Mir blieb nichts, außer dem Spaß am tanzen.

Beim Wiener Walzer holte mich ab und zu die Tanzlehrerin Frau Thurek zum Vortanzen aus der Gruppe. Ich war dann erst wahnsinnig aufgeregt, hinterher wahnsinnig stolz. Also, die Frau Thurek konnte aber auch tanzen. Ein Schweben war das mit dieser Frau. Die hat mich an sich gezogen und ab ging es. Meine schwarzen Lackschuhe trippelten irgendwo weit unten nur so mit.
In der Tanzstunde erfuhr ich auch viel über den richtigen Benimm. Da standen wir Jungs im Foyer der Tanzschule. Ich hielt mich am Goldknauf des Treppengeländers fest, und Frau Thurek erklärte das mit dem Blumenpapier-Verschwinden.
„Wenn ihr beim Mittelkränzchen die Damen abholt, dann muß vor dem Blumenübergeben die Verpackung weg."
Stimmt, überlegte ich, über das Papier hatte ich noch nie nachgedacht. Die Tochter von Frau Thurek, die Rosi, tanzte auch vor. Für sie schwärmte die halbe Klasse. Ich denke gerne an meine Tanzschulzeit bei den Thureks zurück.

In der Zeit, in der diese Geschichte spielt, da kämpfte ich also mit dem Takt, dem Blumenpapier und dem immer präsenten GI von Hanne. Doch so ganz hatte mich die Welt der Erwachsenen noch nicht gepackt. Da gab es noch herrlich wichtige Nichtigkeiten.

Auf der Berch-Kerwa standen damals, ganz am Ende, da wo heute den Menschen mit modernster Technik der Magen ausgepumpt wird, die „Fliecher". Jeder Flieger hatte nur Platz für einen Passagier.

Nach dem Start konnte der Pilot, wenn er es wollte, mit einem kleinen Hebel die offenen Kabinen nach oben oder unten steuern.

Gleich neben den „Fliechern" fuhr eine Bimmelbahn. Die war in unseren Augen natürlich nur etwas für Babys. Aber ehrlich, in der bin ich zwei Jahre vorher selbst noch ganz gerne gefahren. Weil doch mein Vater Heizer bei der Seku war. Da durfte ich sogar manchmal bei ihm in der Lokomotive sitzen. Und wenn es den Buckenhofer Berg hoch ging, dann klang das bei der Seku wie:

„Schiebabißla, schiebabißla, schiebabißla."

Nachdem die tapfere Dampflok die Strapaze hinter sich gebracht hatte, dann klang es wie:

„Gehtschowidder, gehtschowidder, gehtschowidder."

Aber meine Mutter ließ mich weder mit der Seku, noch mit der Bimmelbahn auf dem Berch gerne fahren. Sie sagte immer:

„Wer nix taugt und wer nix kann, geht zur Post und Bundesbahn. Am End werst mer nu a Heizer. Und die ham immer Dorscht. Schau Dein Vater, den Nickel, o."

Naja, es ist schon richtig, daß ich oft über den Wiesenweg zum Hufeisla, dem heutigen Ali Baba, radeln mußte, um meinen Vater weg vom Eisenbahner-Stammtisch zu holen.

„Papa, Du sollst ham kumma, die Klöß sin gleich ferti."

Der Nickel drosch dem ächzenden Biertisch eine Tarockkarte ins Holzkreuz.

„Ich spiel etz Karten, ich kumm ham, wenni moch, und wenni net moch, dann mochi net. Sag des Deiner Mutter. Hast Du des kapiert?"

Hatte ich natürlich nicht! Ich radelte ratlos zurück über den Wiesenweg.

„Der Papa spielt Karten und moch net kumma."

„In der Zwischenzeit zerkochn die Klöß und schwimma als Bröckerli im Topf rum. Ja kreizsakrament, hob, holna ham den Eisenbahner-Schlackn", und schmierte mir eine.

Da ihre Klöße, normalerweise handballgroß, bereits auf Tischtennisgröße abgekocht waren, fiel der Schlag mächtig aus. Ich setzte mich also wieder aufs Rad und strampelte schluchzend und noch ratloser erneut los. Im Hufeisla baute ich mich vor meinem Vater auf und verkündete die Botschaft, dank Mutters Schlag, mit Nachdruck.

„Hob, kumm etz ham, die Klöß wartn."
Er schlug die Schelln-Sau auf den Kartenstoß,
mir gab er eine Schelln auf die Backe.
„Sag der Altn, sie soll ihre Klöß wieder raus-
tu."
Da stand ich nun. Der Punchingball meiner
Eltern; Postillion la Patsch. Ich radelte zu mei-
nem Kletterbaum beim DJK-Platz.

Aber dennoch liebte ich meinen Vater. Er
roch nach Kohle, Rauch und Schmieröl und
konnte stundenlang Geschichten erzählen.
Meist sonntags, denn da trieb ihn meine Mutter wegen seiner Pfeife, in der er Stumpen
rauchte, regelmäßig aus dem Haus.
„Etz qualmst scho wieder wie Dei Dampflok!
Schau dast verschwindst!"
Wir gingen dann zum Alterlanger See. Ich
hielt mich an einem Finger seiner riesigen
Hand fest, und er redete, rauchte und redete.
Von Gott und der Welt wußte mein Vater, der
Nickel, etwas. Von Willersdorf, wo er seine
Kindheit verbracht hatte. Vom Zweiten Weltkrieg, wo er als Heizer in ganz Europa gewesen war. Von den Kameraden, die nicht
zurückgekommen waren. Und dann hat mein
großer, starker Vater immer geweint und über
den Hitler geschimpft, der soviele auf dem
Gewissen hat. Daß er schon vor dem Krieg
den ganzen Zirkus in Nürnberg nicht leiden
konnte, nicht grüßte, wie es damals Pflicht

gewesen war und einem, der es ihm hat
befehlen wollen, eine aufs Maul gehauen hat.
Ja, für mich war mein Vater der Größte.
Er hat mir auch gezeigt, wie man die Füße
von Menschen malt. So:

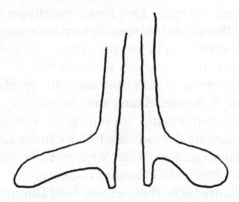

Also, vor allem Schuhe konnte er zeichnen.
Alle Menschen, die mein Vater zeichnete, hatten Schuhe an. Alle die gleichen, so als ob es
auf der ganzen Welt, von Willersdorf bis Syd-
ney, nur dieses Paar Schuhe gäbe.

Aber in der Zeit, in der diese Geschichte
spielt, da fuhr ich längst nicht mehr mit der
Bimmelbahn, sondern flog für eine Mark mit
den „Fliechern". Wenn ich am Hebel zog,
„pffft", ging es stöhnend hydraulisch nach
oben. Wenn ich drückte, „pffft", ging es
hydraulisch erleichtert nach unten. Und aus
dem Lautsprecher – „Yesterday".

Gestern nach dem Tanzkurs hatte der GI wieder die Hanne abgeholt. Und ich wollte sie doch fragen, ob sie mit mir zum Abschlußball gehen würde.

„Aber wie denn einladen?" fluchte ich mit Tränen in den Augen, als ich die Unistraße hinunterradelte, „wenn ständig der Ami um sie herumtanzt!"

„All my troubles seemed so far away."

Nix far away. Mittendrin saß ich damals in meinem Pubertätsschlamassel.

Im Flieger, da hob ich ab, flog nicht im Kreis, sondern weg, weit weg. Weg von der Erlanger Berch-Kerwa. Weg, und hinter mir saß die Hanne. In der Bimmelbahn schuftete ihr alberner GI, mein Vater, der Nickel, hatte ihn zum Kohleschippen eingeteilt. Wir flogen über die Berch-Kerwa weiter zur Altmühl, direkt nach Jesolo. Immer der Sonne entgegen, landeten am Lido. Hinter der sechzehnten Strandkorbreihe sanft den Karussellflieger in den Sand gesetzt, ausgestiegen.

„Due Espressi!"

Der Kellner bringt zwei riesige Eisbomben. Auch recht. Und die Beatles geigen uns dazu ein – „Yesterday". Die Sonne brummt tief bassig: „all my troubles seemed so far to stay", versingt sich, versinkt, läuft rot an wegen ihres Fehlers, taucht ab. Die schwindsüchtige Mondsichel brüllt der Fetten nach:

„So far away. Away, net to stay, bleda Sunna.“
„Yesterday“.

Damals, in der Zeit, in der diese Geschichte spielt, hatte das FCKW über den Polen noch kein Ozonloch herausgeknabbert. Pickel drückten wir mit den Fingern aus, Clerasil, eine unbekannte chemische Formel. Die Mädchen stets sittsam verhüllt; oben ohne im Westbad wäre der Stadt-Skandal gewesen. Ein Schulverweis war noch eine ernste Sache; Lehrer waren noch Autoritätspersonen, nicht dem Nervenzusammenbruch nahe, Kumpel. Im Fernsehen gab es maximal drei Programme, die man noch über„schauen“ konnte, keine dreißig Kanäle mit Filmen im Nachmittags-Programm, bei denen ein Erstkläßler, der nur bis 28 zählen kann, mit dem Leichenzählen nicht nachkommt.

„Oh, I believe in yesterday.“
Die Hanne hat nicht den GI geheiratet, sondern einen anderen. Der hat sie mit zwei Kindern sitzen lassen.
„Love was such an easy game to play.“
Warum lief alles so, wie es damals lief? Warum ging ich in der Silvesternacht mit meinem Freund Jens links herum in die Siedlerstraße und nicht rechts herum nach Büchenbach? Warum?
„There's a shadow hanging over me.“
„Yesterday“. Ich weiß noch, wie mir mein

Freund Olli im Erlanger Hallenbad von dem neuen Wahnsinnssong der Beatles vorge-schwärmt hat.

„Und stell Dir vor, die Beatles spielen mit Geigen, am richtign Symphonieorchester."

Das konnte ich mir nicht vorstellen. Geigen? Mein Gehör war damals auf Schlagzeug, Gitarre und Baß geeicht.

„Symphonieorchester? Du spinnst doch, wie soll des denn klinga."

Oh, es klang sensationell!

„Yesterday", und die ganze heutige, künstli-che Musikcomputerkacke, in den Abfalleimer damit. Die Meßlatte des Geschmacks wurde in den 60er Jahren sehr hochgelegt. Alles danach, meist klägliche, aufgeblähte Rema-kes. Kommerzielle Geschmacksverirrungen. Variationen eines Themas, das die Beatles, Stones, Jimi Hendrix, schon ausgereizt hatten. Geldgeile Massen – Verarschung; Labelfurze.

„Yesterday". Und ich flog, noch nicht flügge, mit dem Flieger im Kreis. Kam nicht vorwärts. Nur nach oben oder unten. Mehr war nicht. Immer rum. Und ab und zu kam die Bimmel-bahn aus dem Tunnel. Es standen riesige Gar-tenzwerge links und rechts der Liliputbahn-strecke. Ein Plastik-Bambi äste. Glückliche Eltern schauten auf ihre herausgeputzten Kin-derlein, wie diese auf dem Bähnchen vor Glück glucksten. Und da drückte ich den Steuerknüppel nach vorne, pffft, stach mit meinem Flieger aus den Wolken, griff wie weiland, der rote Baron an. Ratatatatata, dem Gartenzwerg fiel die Porzellan-Zipfelmütze vom vollen, wohlgenährten Wohlstandsschädel. Pffft, ich zog hoch. Meine langen Haare flatterten über dem hochgeklappten Kragen meiner Jeansjacke. Ganz oben, pffft, erneuter Angriff. Ratatatatata, das Bambi verfehlt, es fraß ungerührt weiter.

„Yesterday", alles drehte sich im Kreis. Ich komm' da nie mehr raus. Die Hanne liebte einen GI. Außer Wiener Walzer vortanzen, hatte ich nichts drauf. Ratatatatata, und mein mit langen Koteletten bedeckter Kiefer bewegte sich staccato.

Ratatatatata, beim Abschlußball hatte ich im Schülertanzturnier die Hanne beim Rock'n Roll unter den Tisch geworfen. Mit Schwung, auf Schmalfilm, 16 mm, von Hannes Vater für tomorrow festgehalten. Gegenwart in Sekunden belichtet. Als Vergangenheit kreisrund auf eine Spule gewickelt. In einer Dose staubsicher für die Zukunft eingesperrt. Ich komm' da nie mehr raus. Diesen Film habe ich bis heute noch nicht gesehen.

Und die Hanne liebte damals einen GI. „Yesterday".
Ratatatatata. Die Flieger hielten an. Ich und

Olli stiegen aus. Kauften neue Chips. Flogen weiter, mußten fliegen.

Unsere Pubertät brauchte Flügel, um aus der Kindheit herauszugleiten. Hinüber ins Erwachsenen-Nirwana.

Alle Filme ohne Angst vor Polizeikontrollen anschauen zu können. Nicht heimlich im noch nicht gefluteten Europakanal führerscheinlos mit dem VW herumrasen. Wegbleiben können, solange man will. Und ... Bald konnte ich es! Und?

„Yesterday", pffft, nochmal hinauf in die Kastanienwipfel.

„Der türkise Fliecher fliecht am besten."

Herabstechen aus dem Blätterhimmel. Ratatatata, eine Garbe zur Warnung neben die Bimmelbahn. Der eigenen Kindheit einen Schuß vor den Bug setzen. Die Windelträger erschrecken. Im Hochreißen ratatatatata, beim Spielwarenstand sämtliche Luftballonschnüre zerfetzen. Den unglücklichen, bunten Heliumkreisen die Freiheit schenken. Die treiben nach oben, drehen sich, schauen sich um. Staunen, schweben höher, blähen sich immer weiter auf vor Glück – zerplatzen. Einer nach dem anderen. Ohrenbetäubend – peng. Für mich tief drunten bei den Fliegern, der Freuden-Suizid weit droben tonlos. Die farbigen Stecknadelköpfchen verschwanden einfach so vom Radarschirm meiner Phantasie. Bis auf einen Ballon. Der erreichte Alterlangen. Den hätte die Hanne sehen können, wenn sie nicht schon wieder mit ihrem Ami Mund-zu-Mund-Beatmung in ihrem Zimmer, bewacht von ihrer Plüschtier-Armee, geübt hätte.

Ratatatata, alles drehte sich im Kreis. Ich komm' da nie mehr raus. Und in den Ohren, statt des mütterlichen „Das darfst Du nicht und des derfst gleich gar net!" nur die Beatles. Volles Rohr, Beatles pur, mit direktem Zugang zu meinem Innersten.

Nie mehr wollte ich landen, nie mehr aufsteigen. Immer weiter fliegen, von mir aus auch im Kreis. Pffft, rauf und pffft, runter. Nur mit den Beatles, Rille für Rille im Kreis. Immer rum, sonst nichts.

Ratatatata-„Yesterday!"-pffft.

In der Zeit, in der diese Geschichte spielt, machte ich Tanzkurs, hatte mächtige Pickel und war unsterblich in die Hanne verliebt. Und auf der Berch-Kerwa, da flog ich am liebsten im „Fliecherkarussell." Für eine Mark flüchtete ich vor meiner Pubertät. Immer im Kreis, aber rauf und runter. Vom staubigen Kerwa-Teer hinauf auf halbe Höhe zur beblätterten Kastanie. Der Bimmelzug bimmelte, zuckelte tattrig den Geleisen folgend aus dem Tunnel. Seit die Lok denken konnte, folgte sie den Geleisen. Und weil ihr die Geleise genau vorschrieben, wohin sie fahren sollte, hatte sie schon lange aufgehört zu denken. Sie fuhr einfach den Geleisen nach. Fuhr und fuhr und kam doch nirgends an. Schuftete Tag für Tag, stöhnte, wenn zuviele Hosenscheißer in den Wägen hockten, aber fuhr und fuhr. Irgendwann träumte sie von einer Weiche, die sie weg aus diesem Kreis führen würde. Doch der Gedanke kam ihr nur kurz. Sie vergaß ihn ganz schnell wieder, denn er machte ihr große Angst. Draußen. War da einer, der pfiff, wenn sie losfahren sollte? Waren da Geleise, die ihr zeigten, wohin sie zu fahren hatte? Wenn es welche gab, wohin führten sie? Hier im Kreis kannte sie jeden Zentimeter. Das gab ihr Sicherheit. Sicherheit, der Preis, um den sinnlosen kreisrunden Trott zu ertragen.

Der Gartenzwerg spürte sein Kreuz, hätte zu gerne die Laterne und den Spaten weggestellt, sich gestreckt. Machte es nicht vor Furcht. Erst vor einigen Tagen haben sie einen seiner Kollegen erwischt, als der die Angel weggelegt hatte.

„Da is scho wieder a Zwerch gfreckt, Chef", schrie der neue Bimmelbahn-Mitarbeiter.

Der Chef wuchtete seinen bulligen Kopf aus dem viel zu kleinen Kartenhäuschen und glotzte aus bierwässrigen Augen auf den unfolgsamen Gnom-Torso. Der streckte seine Keramikärmchen zwar wie immer nach schräg oben, aber ohne Angelgerät sah er jetzt flehend, nicht angelnd aus. Die Zwergenaugen blickten auch nicht mehr auf den roten Plastikfisch, der am Ende der Angelleine immer baumelte, sondern stierten frech zu einem fernen Horizont.

Der Chef sah's und entschied:

„Hauna aufn Müll, den Krüppel!"

Und die Beatles sangen:

„Yesterday, all my troubles seemed so far away."

Von wegen!

Der Geisterbahn-Exorzist

In der Zeit, in der diese Geschichte spielt, hatten wir zu Hause noch keinen Fernseher. Aber einige Häuser weiter, mein Onkel Lindörfer, der hatte solch einen Kasten. Magisch angezogen hockte ich, so oft ich konnte, davor. Mich interessierte einfach alles! Natürlich waren auch Krimis und Gruselfilme dabei. Doch die damaligen Harmlosigkeiten waren noch nicht vergleichbar mit den heutigen Brutalo-Orgien. Damals reichte der Knall eines Pistolenschusses und der Zuschauer zuckte zusammen. Die Mattscheiben-Voyeure hatten noch kein dickes Fell und Hornhaut auf ihrer Flimmer-Seele. Die Kamera schwenkte auf den Schützen, ließ das Opfer in Ruhe und Anstand alleine in den Kulissen sterben. Zeigte den ästhetisch, pittoresk Dahinscheidenden nur, wenn er noch etwas Wichtiges für den weiteren Handlungsverlauf zu sagen hatte. Der tödlich getroffene Schurke, der perfekt ausgeleuchtet im wabbernden Londoner Nebel dem Kommissar auftrug:

„Kümmern Sie sich um meine Tochter!"

Aber der Getroffene starb noch nicht, denn er mußte noch die Verwerflichkeit seines Tuns in einem nicht enden wollenden Monolog rechtfertigen.

„Mein Vater wurde damals in Australien ermordet."

Jetzt durfte er unter gar keinen Umständen sterben, denn die Frage war, von wem ermordet? Der Angeschossene holte tief Luft, kämpfte sicht- und hörbar.

„Durch einen Brief, den ich in seinen Unterlagen fand, kam ich auf die Spur von…", nein, laß ihn bloß jetzt nicht das Zeitliche segnen. Er verdrehte zwar gewaltig die Augen, fuhr aber fort:

„Lord Sandwich. Er war es, der meinen Vater auf dem Gewissen hat und ihm die Erfindung stahl. Kümmern Sie sich um meine Tochter!"

Jetzt war es also heraus und er konnte nach einem letzten, treuen Dackelblick abtreten.

Pistolenkugeln, mal ein Messer, in Ausnahmefällen zog sich auch ein Halstuch um die Gurgel des Opfers zu. Die Leiden wurden zelebriert. Ihr Sterben lange vorbereitet. Opfer und Mörder behutsam in schwarzweiß geschildert. Keine Werbung dazwischen. Die Todesangst der Schönen wurde nicht durch „Hakle Feucht" unnötig verlängert.

Die Sterbefälle blieben zählbar. Jede Leiche ergab sich zwangsläufig aus der Handlung. Keiner der Schauspieler in Gefahr, der Hybris des Regisseurs, der quantitativen Mordlust des Publikums des Einschaltquoten-geilen Senders geopfert zu werden. Eineinhalb Stunden agierten da noch die Protagonisten der Story. Heutzutage schafft Rambo den jährlichen Krimi-Leichen-Bedarf der Fünfziger Jahre in knapp fünf Minuten. Die daumenkranken Zapper, die durch drei Filme gleichzeitig hetzen, den vierten auf Video speichern, müssen sich höllisch konzentrieren. Da können im Film innerhalb von 30 Sekunden völlig neue Konstellationen entstehen.

Werbeblöcke müssen gnadenlos konsumiert werden, denn zu spät in die Handlung zurückgezappt und der Gangster zuckt und ruckt im Kugelhagel, sein Gehirn tropft in Zeitlupe von der Blumentapete eines Hotelzimmers.

In der Zeit, in der diese Geschichte spielt, waren die Filme mit praller Handlung jedoch ohne Blut. Heute gibt es zwar jede Menge Blut, aber die Handlung bleibt blutleer – anämische Filmchen für hirnlos knabbernde Switcher. Gefilmte Scheußlichkeiten regen den Chips-Hunger an. Todesschreie machen Bierdurst. Die Handlung des Films rasant! Im Sessel verkrampft, erlebt der Herrscher der Fernbedienung alles hautnah mit. Staunend hockt er mittendrin in seiner angestaubten Wohnmarkt-Raten-Scheußlichkeit, verläßt sich blind auf den Helden.

Als großer Rambo erhebt er sich aus seinem Penatenstuhl. Als lustloser Mann pinkelt er. Als potenzgestörter Gerhard plumpst er ins eheliche, weiße, Schleiflack-Doppelbett. Erschöpft vom hundertfachen Töten schläft er, sich herumwälzend, irgendwann unruhig ein. Träumt von der braungebrannten Schönen. Liebt sie im weißen Sand – davon träumt auch seine von Lockenwicklern umkränzte Frau.

Mir machten aber damals schon die schwarzweißen Krimis und Gruselfilme schreckliche Angst. Ich saß dann unter dem großen Wohnzimmertisch bei Lindörfers. Kniff die Augen fest zu, blinzelte irgendwann vorsichtig, kontrollierte, ob die Moorleiche schon wieder im schwarzweißen Sumpf verschwunden war. Oft blinzelte ich zu früh und das schreckliche Monster sprang tief in meine kindliche Seele.

Nach dem Film mußte ich dann die gut 200 Meter nach Hause laufen. Aber, was heißt da laufen! In immer neuen persönlichen Bestzeiten sprintete ich durch die asphaltschwarze Nacht. Denn Straßenlaternen leuchteten damals nur soweit, daß die spärlich fahrenden Autos nicht den Laternenmast umfuhren, an denen die Leuchten befestigt waren. Jedesmal nahm ich mir vor, meine Angst in den Griff zu bekommen, souverän nach Hause zu schreiten. Doch nach wenigen Schritten beschleunigte ich jedesmal wieder auf Armin Harry-Niveau. Aus der kohleschwarz lauernden Pappelgasse war längst das Moor geworden. In der Barthelmeßstraße warteten zig grüne, glibbrige Moorleichen auf mich. Wenn ich dann nach Hause gehechtet kam, haute ich unser Gartentürchen mit solcher Wucht ins Schloß, daß die Haustürklingel vor Schreck einen Stromkollaps bekam. Aber ich brauchte die Ohnmächtige gar nicht. Meine Mutter war durch den Knall bereits hochgeschreckt, stand in der geöffneten Haustüre.

In der Zeit, in der diese Geschichte spielt, machte ich verständlicherweise auf dem Berch einen gewaltigen Bogen um die Geisterbahn. Schon das, was da von außen zu sehen war, schrecklich! Und dann erst die Schreie, die von drinnen nach draußen drangen.
Nein, dahinein brachte mich niemand. Für die Großen dagegen hatte die Geisterbahn ganz offensichtlich ihren Reiz. Vor dem Kassenhäuschen schlängelte sich meist eine Zweierreihe. Die Wägelchen kamen gar nicht nach, die Geister-Süchtigen paarweise durch das gähnende Loch hinein zu befördern. Jedes

wegzockelnde Gefährt begleitete ein markerschütternder Tonband-Lacher. Deppisch-vertraulich „Hohohoha". Bei jedem Wägelchen, das einfuhr, „Hohohoha".

Frauen fuhren grundsätzlich mit einem Mann. Die Frauen sahen oft zerzaust aus, wenn die Wägelchen am Ende der Fahrt durch die grell bemalte Blechtüre ruckelnd rumpelten. Genau dort stand ich, gespenstersicher, schaute mir die an, die den Ausflug in den fränkischen Berch-Hades hinter sich gebracht hatten.

Söhne, von Vätern überschätzt. Das Männlichkeitsritual zu früh, der Nachkomme ein heulendes Bündel, auf dem Boden des Geisterbahnwagens. Ein Betrunkener mit 2,7 Promille Alkohol im Blut und 20 cm Geist in der Linken. Zwei Omas, die quiekten wie Teenager.

Und als ich zwei Jahre lang die Zielankunft beobachtet hatte, hunderte gesund weggehen sah, wagte ich es im dritten Jahr doch: Ich fuhr mit der Geisterbahn!

Mit bebendem Herzen saß ich allein in dem Wägelchen, hinter dem ein grünes, mannshohes Plastikgespenst angeschraubt war. Ruckend schob der mich an. Die Blechtore schwangen wie Saloontüren zurück, es war mit einem Schlag stockfinster. Und da war sie, die Moorleiche, die mich seit Jahren erschreckte und verfolgte, sobald es dunkel wurde. Sie lauerte überall. In unserem Kohlenkeller, den ich nur unter heftigstem Pfeifen betrat, um den Kohleneimer in ständig verbesserten Geschwindigkeitsrekorden vollzuschippen. Auch in der Geisterbahn roch es jetzt deutlich nach Kohlenstaub, keimenden Kartoffeln, träumenden Winteräpfeln, verendenden Kellerasseln und verdauenden Spinnen. Ich schloß ganz fest meine Augen. Kroch tief in die Plastikbank, blinzelte doch. Zu früh, die Moorleiche schoß genau auf mich zu. Ich kauerte mich noch mehr in den Sitz, etwas Feuchtes wischte über mein Gesicht. Ganz deutlich hörte ich Schritte neben dem Wagen. Hatte sich der grüne Häßliche am Wagenende aus den Halterungen gerissen? Jahrelanges Schieben hatte ihn wütend gemacht. Ausgerechnet, als ich fuhr, entschloß er sich, seiner ursprünglichen Bestimmung zu folgen – Gespenst zu sein.

„Ich bin klein, mein Herz ist rein", betete ich in meiner Not.

Von wegen rein. Das Wechselgeld vom Milchholen hatte ich nicht verloren, wie ich meiner Mutter vorgelogen hatte, sondern für den Berch zur Seite geschafft. Und gebeichtet hatte ich es auch nicht, da mir der Vergebungs-Segner hundertprozentig die Rückgabe als Buße aufgebrummt hätte.

„Vater unser, der Du bist…".

Mein Vater konnte mir jetzt auch nicht helfen.

Der saß 700 Meter Luftlinie entfernt auf seinem Stammplatz vor der Maß, die ihm endgültig für diesen Berch-Tag das Laufen verlernen ließ.

Mein Vater hatte mich mit seinen Beicht-Tips in dieses Schlamassel gebracht.

„Alles mußt a net beichten, der liebe Gott waß es eh."

Genau, und weil der liebe Gott von meiner Verfehlung wußte, schickte er mir jetzt diese industriell gefertigte Ausgeburt der Hölle. Ich geriet mehr und mehr in Panik. War mir völlig sicher, die Moorleiche verfolgt mich. Das Wägelchen donnerte kurz ins Freie. Verschnaufpause – da war schon wieder alles stockfinster. Ich dachte an Flucht, an meine Gruselstrecke Pappelgasse – Barthelmeßstraße. Aber an Sprinten war nicht zu denken. Wehrlos rollte ich auf den Geleisen, neben mir das grüne Monster. Schreckliche Schreie links und rechts. Da tauchte die Moorleiche wieder auf! So schnell konnte ich die Augendeckel gar nicht herunterreißen, daß ich sie nicht doch kurz gesehen hätte. Deutlich brannte sich ihre halb skelettierte Silhouette auf meine Netzhaut. Ich rutschte nochmals tiefer, riß beide Arme nach oben und brüllte herzerweichend.

So tobte ich wohl schon eine ganze Zeit, hatte nicht gemerkt, daß mein Wägelchen längst friedlich in der Maisonne stand. Die

Vorbeigehenden müssen ganz schön gestaunt haben, als sie mich so gesehen und vor allem gehört haben. Dann rüttelte und schüttelte mich jemand kräftig. Jetzt hat mich das Sumpfmonster endgültig.

„Etz mach halt endli Deini Glotzer auf, fertig is!" sagte jemand.

„Na, laß mi halt bitte geh. Ich geb des Milchgeld bestimmt zurück", wimmerte ich.

Nie mehr wollte ich meine Augen öffnen, nie mehr. Und das Gemurmel? War ich umringt von hunderten von Moorleichen? Da hoben mich Arme heraus aus meinem Phantasie-Gefängnis, setzten mich auf den Boden. Ich blinzelte, war eingekessell von vielen Gaffern. Ich habe mich unheimlich geniert.

Jahre später verlor einer nach dem anderen meiner Freunde seine kußliche Jungmännlichkeit auf Geisterbahnschienen im Schutze der angestrahlen Plastikgeister. Ich verzichtete. Saß bei schummrigem Licht alleine in meinem Zimmer, hörte die Beatles. Konnte mir nicht vorstellen, was an einem Zungenkuß so sensationell sein sollte. Dachte aber viel darüber nach. Hörte staunend meine Freunde vom Geisterbahn-Geknutsche schwärmen.

„Und warum grad in der Geisterbahn?" fragte ich naiv.

„Weils kaner sicht!" prahlte der Erfahrene, der bereits einen abgebrochenen Zungenkuß-Versuch hinter sich hatte. Abgebrochen, weil sein Modelleisenbahn-Gemüt zu spät von seiner Neugier überfraut wurde. Der Anfang der Attacke war zwar noch geschützt von Geisterbahn-Finsternis. Doch als seine Zunge ihre spangenbewehrten Zahnreihen erreichte, ließ ihn die plötzliche Helligkeit wieder zurückzüngeln. Aber immerhin, wenn auch unvollendet, er war mir eine halbe Zungenlänge voraus.

Doch mir war das egal. Meinen oralen Forscherdrang blockierte diese eine Moorleichen-Geisterbahnfahrt gründlich!

So spielte ich einige Zeit länger mit meiner Ritterburg. Glaubte länger an Sigurd, den Comic-Helden. Schmierte mir später Brisk in die Locken.

Bei der Zielankunft jedoch stand ich immer gerne und beobachtete. Und als ich wieder mal dort stand und die Gesichtsverrenkten studierte, da hörte ich aus der Geisterbahn wilde Schreie.

„Ja Kruzifix, so a Doldi, fummelt mer da im Gsicht rum."

Sekunden später schoß die schreckliche Moorleiche aus der Geisterbahn. Hinter ihr her ein stämmiger, angeheiterter, alles andere als heiterer Endvierziger.

„Wartner, wenni Di derwisch."

Die Moorleiche dachte gar nicht daran zu warten. Eher schon „derwisch". Denn wie ein Derwisch gebärdete sich der sozialversicherungslose Halbtags-Geist: Maske unter dem Arm, Füße in der Hand, stürzte er weg von seinem verdunkelten Arbeitsplatz. Schaute nicht links und rechts bei seiner kopflosen Flucht. Tauchte in den Menschenstrom, teilte ihn panisch. Die zweifarbige Softeis-Pyramide landete unangeschleckt im Gesicht des Waffelträgers. Geschossener Piccolo, noch vier-Schluck-voll, taufte zerschellend die Berch-Straße. Zuckerwatte legte sich als pappiger Kokon über das Avon-Gesicht. Die Bratwurst nutzte das Getümmel, sprang bereits angefressen aus ihrem senfverschmierten Teiggefängnis. Der Candy-apple tatzte in die Tiefe; makellos glasiertes Fallobst.

Der weghechelnde Geist riß Lücken und Lebensmittelwunden, die Spur blieb nur sekundenlang sichtbar. Die Masse formierte sich neu, nur die Geschädigten blieben stehen und maulten. Der angeheiterte Geisterheiler war stolz auf seine Wirkung. Er brach nach einigen Metern die Verfolgung ab:

„Den Geist hätt mer austriebn."

Der Geisterbahn-Exorzist hatte ganze Arbeit geleistet. Ohne Knoblauch und hölzernes Kruzifix, jedoch mit verbalem Kruzifix und Berchbier-Fahne. Doch er hatte neue Geister gerufen. Die, über die der Geister-Flucht-Tornado hinweggerast war. Diese tobten jetzt auf den wackeren Franken zu: das schmelzende Softeis-Einhorn, das Zuckerwatte-Püppchen, der Candy-applelose Holzspieß-Träger, der Piccolo-Straßen-Täufer und vor allem der hungrige Bratwurst-Verlassene.

„Da warn zwa im Weckla, Master, und etz?"

Das gelbverschmierte Maul des „Wecklas" klaffte schweinelos vor den Augen des Geisterjägers. Der Senfangehauchte war schon nicht mehr ganz so stolz.

„Neija, was kann denn ich dafür, wenn Du Dei Brötla net gscheit zamzwickst."

Das war zuviel für den Wurstlosen. Er schob blitzschnell die Semmel nach vorne und zwickte dem Franken die Nase ins „Brötla".

„Rotzzinkn mit Bobbel im Brötla, was sagst etz?"

Nasal meinte der immer kleinlauter werdende: „Der Geist hat mer im Gsicht rumgwischt und dann…".

„Und etz wisch ich Dir a weng im Gsicht rum", und er verpaßte dem, der längst Kanossa-Gedanken hegte, eine streng riechende Hengstenberg-Maske.

Das mochte der Geisterbahn-Exorzist gar nicht und griff nach der Hand, die nicht aufhörte, ihn grob weiter zu schminken.

Nachdem seine kosmetischen Bemühungen gestoppt worden waren, preßte der Rächer der verlorenen Bratwurst zuerst das Brötchen ins gelbe Gesicht des anderen und dann drehte er es kraftvoll, hin und her. Das Brötchen wie eine Orangenhälfte, der Zinken des

mächtig Eingeschüchterten wie eine Orangen-
presse. Das Zuckerwatte-Püppchen flötete
schrill:
„Drück nas nei, daß hinten widder raus-
kummt."
Der Holzspieß-Träger fuchtelte dem Mal-
trätierten mit dem Holzspieß vor den Augen
herum. Das machte diesen nervös, er wich
zurück, der Bratwurstlose rückte nach. Das
Softeis-Einhorn brüllte:
„Hau na in die Pfanna."
Ein treffender Vergleich, denn die Metamor-
phose des Brötchens war abgeschlossen, in
der Senfmaske klebten Semmelbrösel: panier-
te Frankenwaffel. Der Piccolo-Straßen-Täufer
schlug als erster in das bratfertige Gesicht. Ein
Schlag gab den anderen. Der Kreis der Gaffer
bildete eine Arena. Im Mittelpunkt klopften
sie den Geisterbahn-Exorzisten weich.
„Alle auf des Brötla-Gsicht, ich glab Ihr
spinnt."
Der das wie ein Feldzeichen vor sich her
brüllte, stürzte sich sofort dazwischen. Der
Bratwurstlose jetzt mit adäquatem Gegner.
Die anderen Geschädigten ließen ihn sofort
im Stich, als sie die Wirkung des ersten Schla-
ges im Gesicht ihres Wortführers sahen. Der
Kreis raunte, der frische Kämpfer haute. Einer
wollte schlichten, fing auch eine. Aus dem
Schlichter wurde ein neuer Kämpfer.
„A Kerwa ohne Schlägerei is ka Kerwa", rief

einer lallend, der torkelnd des Weges kam.

Er soff seinen Krug leer und haute frohen Mutes mit seinem Gefäß auf die zwei ein. Das wirkte umwerfend und blutig.

Jetzt bekam alles eine neue Dimension. Aus dem sauberen Boxkampf war eine hinterlistige Krugschlacht geworden.

Erst als die Sanis kamen und versorgten, und die Polizei kam und verhörte, war das Spektakel zu Ende.

Minuten später gellten die Schreie aus der Geisterbahn wie vor der Austreibung. Auf Schleichwegen war die Moorleiche längst wieder an ihren Arbeitsplatz zurückgekehrt. Erschreckte weiter die Fahrgäste, die für den Grusel ja schließlich auch bezahlt hatten.

Berch-Geister sind hartnäckig – lassen sich so leicht nicht austreiben.

Berg ohne Schmutz ist Umweltschutz
Mehrweg statt Einweg

Gerch I

Der Bestellungs-Frevel

„A Maß geht no, ane geht nu nei ..."
Den Befehl der Blasmusik-Combo nahm der Gerch wörtlich!
„Genau, a Mäßla geht schon nu, geh her da Marri, stell mer nu ane her", brüllte er energisch der oberbayerischen Gastarbeiterin zu.
Diese stritt gerade heftigst mit einer Oberingenieursgattin, die „zwei Sprudel für meine Kinder, ein Mineralwasser für mich und für meinen Gatten ein Glas Pils", geordert hatte.
„A Wasser woilns, ja Sie san guat und wo mana Sie, wo Sie hier san, im Kurbad oder wo?"
Die Marri kam in Fahrt:
„Und wo glam Sie habi des Glassl Bier? Wenns koa Geld ham für a Maß, dann saufns halt die Noagerl!"
„Wie bitte, Sie ...", den Rest der preußischen Botschaft schluckte ein brutal geblasenes „zwei Prosit, der Gemütlichkeit ..."

Der blecherne Notenorkan ebbte etwas ab, und die nur bis zum Kieferknochen akkurat Geschminkte näselte erneut hartnäckig ihre Bestellung:

„Zwei Sprudel, ein Mineralwasser und für meinen Gatten ein Glas Pils!"

Und der Gatte, FH, nett, im Freizeitlook von K&L, rutschte auf der Holzbank kurz hin und her.

„Gertrude, wir könn' doch auch nen Krug bestellen", sagte er beschwichtigend zu seiner Gattin.

„Und die Kinder? Du vergißt die Kinder, Siegfried. Außerdem, ein Krug für Dich allein ist einfach zu viel."

„Na sauf halt Du a mit, dann packt ders scho", schaltete sich ein Brucker ein.

„Ich trinke keinen Alkohol!"

„Da bist schee bled", und demonstrativ griff der Brucker zu seinem Krug.

„Mutti, ich möchte gerne mal das Kirmesbier probieren", sprudelte einer der bebrillten Jungs heraus, für den Gertrude Sprudel geplant hatte.

„Da siehst Du es, Siegfried, jetzt will er auch schon Bier."

„Da probier amol, da kriechst kani Flöh im Bauch, wie von am Limonad", der Brucker schob dem aufrecht Sitzenden, zwölf Jahre alten den Krug hin.

„Siegfried, mach doch was!"

Der machte etwas. Er griff nach der Maß, hob sie beidhändig weg vom Tisch und schlabberte eine beachtliche Menge. Gertrude blitzte ihn bitterböse, sein Sohn enttäuscht, der Brucker entsetzt an. Die Brucker Tat der Nächstenliebe hatte nur mit einem kindlichen Schluck gerechnet, nicht mit einem „Seidla" für den Studierten.

„Des is ja, als ob der Bettler vom St. Martin net bloß an Stoffetzn verlangt hätt, sondern als ob der Heilige nackerti weitergrittn wär."

Ein platzsuchender Büchenbacher, schon recht genervt von den tausenden, sitzenden, schunkelnden, saufenden, glücklichen Ärschen, hatte diese völlig blödsinnige Berchbestellung „zwei Sprudel, ein Mineralwasser, ein Glas Pils", auch gehört, und blaffte die ausländische Inländerin an:

„A Wasser und des Bier im Glas, Ihr habt doch überhaupt ka Kultur!", rotzte der Stadtwesten-Odysseus ohne Sitzplatz, der Bestellungs-Frevlerin, die zwar einen Sitzplatz, aber immer noch kein Getränk hatte, hin.

Die hatte gar nicht bemerkt, daß die Kellnerin mit ihrem gekühlten Rausch-Bukett im starken Arm längst davongerauscht war. Und auch den Fluch der Dirndl-Sprinterin hatte sie nicht mehr gehört:

„Himmikreizkruzäfix-Sacklzement, na, na, soviel Zuagroaste wie da sichst nirgendwo", und die unendliche Kette hockender Schlukkender schluckte die Marri endgültig. Den Wartenden erschien sie wie eine Heilige, wenn sie endlich erschien mit den überschwappenden Krügen, die sie fest an ihren wogenden, schier aus dem Mieder springenden Busen preßte.

Der Büchenbacher blieb stehen, schaute sich um und sein Groll wurde noch größer. Scheinbar saß ganz Erlangen hier, an langen Holztischen, hatte Platz gefunden, beschattet, bewacht von Kastanienriesen und trank friedlich Bier. Wohin er blickte, fröhliche Maßkrug-Oasen. Und er? Ausgestoßen wanderte er bereits seit einer geschlagenen Stunde über den Berch, an einer Wand hockender Rücken entlang. Durstig, ständig fremde Krüge vor Augen. Das war keine tönerne Fata Morgana, sondern greifbare, riechbare Realität. Doch nicht für ihn, den Sitzplatzlosen, das Kamel, dem die „Zunga in der Waffel babbte." Und dann auch noch dieses „bimberlaswichdituende Gscheiderla", das auch noch Sprudel und Mineralwasser wollte.

„Und überhaupt", tobte er los, „für was brauchst Du an Sitzplatz. Eier Wasser könner a im Stehn saufn."

Und hätte seine rundliche Begleiterin ihn nicht eingeholt und mit ihren stämmigen Armen gepackt, dann hätte er das 55 kg schwere Nordrheinwestfalen-Weibchen einfach weg vom begehrten „Holzbänkla" und in die grüne Abfalltone hinein recyclet, in der die abgezuzelten Hühnerknochen dem weißen Rettich von ihrer glühendheißen Rundfahrt berichteten.

„Siegfried, unternimm doch endlich was!"

Dieser unternahm nichts, sondern nahm nochmals unaufgefordert den Krug und trank daraus, so als ob es Wasser wäre.

„Etz isser aufm Gschmack kumma", freute sich der Brucker.

„Siegfried, ich bin entsetzt!"

Dem Siegfried war das schnuppe. Die Rechenschieber-Seele des Bierasketen wurde überspült vom Starkbier.

„Gertrude, meine Gute, jetzt kaufen wir was Gutes."

„Jawoll", schrie der Brucker Missionar, „und mich läßt zwamal draus saufn, dann simmer widder quitt."

„Siegfried, Du riechst ja nach Bier."

„Wenner a Bier gsuffn hat, werder kaum nach Milch stinkn, Schlauerla."

Der Gerch hatte zwar von A bis Z zugeschaut, aber nach vier Maßen und vor allem mit dem langsam alles andere beherrschenden Wunsch nach der fünften Maß war ihm sowieso das Ganze ziemlich „scheißegal".

Aber seine Marri war weg. Verscheucht von der Sprudel-Preußin, von der Wasser-Henna,

der Pilz-Glas-Dolln. Diese aber verlor mehr und mehr ihre Sicherheit. Dafür hatte sich Siegfried einen Krug Bier organisiert und stieß mit seinem Retter an.

„Siegfried!"

Der stellte nach drei Zügen und einem stattlichen Rülpser seinen Krug hin. Eine beachtliche Müsli-Bierdampf-Wolke prallte an Gertrudes spitze Nasenflügel.

„Probier doch auch mal, wirklich gut!"

„Siegfried, die Kinder!"

„Also gut Gertrude, dann zuerst die Kinder."

„Nein Siegfried, nicht die Kinder", war die schrille Reaktion seiner Gemahlin.

„Die waas a net woss will. Wie hältst denn Du des mit dera aus?"

Der Siegfried schaute sie an, verstand es in diesem Augenblick auch nicht wie er es mit ihr aushielt, erschrak ob dieser Erkenntnis und seine nächste Magenbotschaft machte sich hörbar auf den Weg. Er schaute weg – nahm den Rhythmus der Blasmusik-Combo auf.

Der Gerch glotzte in seinen Krug, der Grundbierspiegel war bereits tief unten, „halt grad nu a Naacherla." Ihn packte die Angst. Um ihn herum tobte die Kerwa immer toller, und er ohne Nachschub.

„Ja Herrgotts-Sakrament", fluchte er, für seine Banknachbarn total überraschend, los.

„Wennst a Wasser saufn willst, dann roll di. Knie Di an die Schwabach, da kannst saufn bis platzn tust. Aber von da verschwindst und Dei Gschwartl nimmst a glei mit."

Jetzt erst nahm er so richtig die drei Goldbrillen neben der Häuptlingsfrau wahr. Siegfried mit großer Goldbrille und viel zu großem Sakko, dessen beide Ärmel ausgelassen atonal auf den Tisch hauten und zwei kleinere Goldbrillen, eine davon mit sehnsüchtigem Bierkrug-Blick.

Der Gerch schielte genauer hin.

„Wenns des oberste Hemdknöpfla aufmacherten, dann könntens mit ihri Köpf ganz im Synthetik-Web-Panzer verschwinden, die bebrillten Wasserschildkröten", dachte er.

Anders das Weibchen. Ihr ungeschminkter, truthahnroter Hals übertraf bereits die kinnobers, sorgsam aufgetragene Chemielandschaft. Gertrude blies Luft ab.

„Siegfried, wenn Du nicht sofort das Trinken beendest, dann verlasse ich Dich mit den Kindern."

Sie hatte den Mund noch nicht ganz geschlossen, da hatte er seine Wahl getroffen: Er trank. Ohne sie anzublicken, setzte er sein Gespräch mit dem Brucker fort.

„So langsam geht Euch doch der Platz auf dem Berg aus. Ideal hat es dieser Keller gelöst," und er deutete hinüber zum Entlas.

„Einfach nen zweiten Stock oben drauf betonieren. Da is jetzt Platz, da stören ja auch keine Bäume mehr und …"

„Rolltreppen fehln nu, Du Ascher", platzte dem Brucker der Kragen.

„Von hinten nach vorn alles zweistöckig zubetonieren, die Kastanien hackt des THW ab, dann wär Platz fürn Siemens und Eire Gäst aus der ganzn Welt", krakeelte der Gerch.

„Ihr habts doch kaputt gmacht unser Kerwa. Etz saufns da herobm scho bald mehr Alkoholfreis wie a Echts. Und kenna tut mer a bald kan mehr. Weil vor lauter Fremde findst Deini Freind nemmer. Und an Platz findst a kan mehr", steigerte sich der Büchenbacher mehr und mehr hinein.

Der Viermaß-Gerch und der Brucker stierten die vier Fremdkörper hockend an, und der Büchenbacher glotzte stehend auf sie herab; seine Frau hatte ihn immer noch in perfekter, griechisch-römischer Armklammer, von hinten fest gepackt.

„Sowas ist mir ja noch nie untergekommen, kommt wir gehen!"

„Genau", brüllte der Gerch erleichtert, weil jetzt ja keiner mehr die Marri mit Wasserbestellungen irritieren konnte.

„Genau", echote erleichtert der Büchenbacher, weil damit seine Berch-Wallfahrt endlich beendet war.

Getrude scheuchte ihre beiden Söhne hoch, packte ihren Siegfried.

„Komm, Siegfried, wir müssen gehen."

Gehen konnte er nicht mehr, aber „müssen" mußte er dringend. Seine untrainierte Kommunionsblase drückte mächtig zum Aufbruch.

„Is der Papi betrunken?" fragte der Jüngste.

„Storz besoffn isser, Dei Vater", sagte der Gerch.

„An Ingenieur ist nix zu schwör", sagte der Büchenbacher.

„Aber vertragn tuns gar nix", sagte der Brucker.

„A Maß geht nu, ane geht nu nei …", und der Gerch, der Büchenbacher und der Brucker waren sich nach ihrer fränkischen Zangenbewegung auf Anhieb sehr sympathisch und tranken noch etliche Maßen miteinander.

Gerch II
Das Durchblicker-Stadium

Je länger der Berg dauert, desto mehr Maßen braucht der Gerch.

„Da miti den Durchblick kriech", wie er selbst immer sagt.

Seine Frau sieht das so:

„Je länger der Berch geht, umso mehr säuft mei Gerch und dann blickter nemmer durch und kriecht auf alle Viere ham."

Der Gerch kam rechtzeitig, machte es sich auf seinem Stammplatz bequem. Weit genug weg von den Blasmusik-Nervern und dem Menschenstrom, aber nah genug am WC-Häusla. „Denn wenns pressiert", betont der Gerch immer, dann „kanni net lang umananderwackeln. Zwa Minutn bis zur Rinna, dann muß lafn."

Wie gesagt, der Gerch kam rechtzeitig, machte es sich auf seinem Stammplatz bequem.

Die zuständige Bedienung kannte ihn auch schon, nachdem er beim Berch-Opening mit Abstand den größten Rausch in ihrem Revier gehabt hatte. Kaum saß der Gerch, stand auch schon die erste Maß vor ihm.

„A gute Bedienung", sagt der Gerch immer, „erkennst Du daran, daß Dei Arsch auf dem Holzbänkla kaum ausdatzt is und die erste Maß schwebt scho ei."

Der Gerch hockte, schaute, trank, stierte, trank, glotzte, soff und schwieg vor sich hin. Die Menschen an seiner Bierbank wechselten, die Musiker bliesen sich die Backen müde, der Gerch klebte auf seinem Stammplatz. Nur von Zeit zu Zeit, da stand er auf und ging dahin, „wo a der Kaiser zu Fuß higeht." Und je länger er hockte, desto kürzer wurden die 00-Intervalle, aber umso länger die WC-Stein-Begießungen. Und je öfter er mußte und ging, desto steifer lief er. Den Blick geradeaus, angestrengt, wichtig. Immer mehr glich er einem Artisten auf dem Hochseil. Jeden Tritt setzte er überlegt, um das dünne Seil, das zwischen seinem Sitzplatz und dem Pissoir gespannt war, ja nicht zu verfehlen. Und wenn es nötig wurde, benützte er seine Arme als Balancierstange. Er brauchte für den Balanceakt immer mehr Zeit, je länger er hockte, soff, schluckte, sabberte und gaferte.

Je länger der Berch dauert, desto mehr

Maßen braucht der Gerch, damit er den Durchblick bekommt.

Doch wenn er dieses Pensum Gerstensaft geschluckt hat, dann setzt er sich mit einem Ruck kerzengerade, seine Augen werden glasklar, jetzt hat er das Durchblicker-Stadium erreicht.

Er nahm seinen Bierkrug-Abdecker, warf ihn auf den Holztisch.

„Des is des Tor von die Cluberer!"

Trotz der Blasmusik-Dezibel-Lawine war er für alle um ihn Herumsitzenden hervorragend zu verstehen. Er griff in die Popcorntüte des markenartikel-gepflegten Stenowittchens, die neben ihm Hof hielt, nahm ein Popcorn, legte es vor den Bierkrug-Abdecker.

„Des is der Andy Köpke."

„Erlauben Sie, Herr Nachbar", unterbrach einer der fünf Anzugzwerge seine Brunft um das Stenowittchen, in der er wie die anderen vier, seitdem sie auf den Keller gekommen waren, voll aufging.

„Erlauben Sie!!"

„Nix erlaubi, halt Dei Waffel und horch zu!"

Der Gerch grabschte quer über den narbigen Holztisch, packte einen Guldenbrezen-Torso, riß ein Stück ab.

„Des is die Mittellinie."

Das ledige, mollige Oh-wie-nett-120 Anschläge-Weibchen schürzte ihre geschminkten Lippen, der Mundraub ärgerte sie.

„Des war fei mei Brezn!" und ihre lackierten Fingernägel machten sich auf den Weg, das Backwerk zurückzuholen.

„Des is die Mittellinie", betonte der Gerch, patschte ihr auf den Handrücken.

Die von den IBM-Tasten abgewetzten Fingerkuppen der fränkischen Schreibmaschinen-Queen sausten auf den Holztisch. Der spitz gefeilte Nagel ihres Mittelfingers zerteilte glatt eine Blattlaus. Die hatte zu tief in einen Biertropfen geglotzt, war stockbesoffen, orientierungslos in Richtung Heimat-Kastanie geeiert.

„Es war bloß nu a Minutn zu spielen. Die Amateur von Hertha BSC Berlin ham Einwurf ghabt. Versteht Ihr des?"

Er schaute in die Runde. Die fünf Boss-Zwerge und ihr Stenowittchen vergaßen ob des kräftigen, rethorischen Angriffes die Brunft und hörten tatsächlich zu.

„Amateure", brüllte der Gerch, „nachmittags hams gärbert und am Abend mein Club batscht."

Er zog Luft durch die Nase, inhalierte ein Insekt, sah, daß so ein Zweireiher-Zwerg schon wieder nicht mehr zuhörte, sondern das Stenowittchen anstierte. Das paßte ihm gar nicht. Er haute den Krug auf den Tisch, drei Blattläuse wurden auf dem Weichholz platt gestempelt. Bier schwappte aus dem Ton-Krater. Nein, das konnte er ja schon gar nicht leiden, kostbares Bier auf dem Holztisch. Zwölf glückliche Blattläuse schwammen, soffen und sangen bereits in ihrem Bierweiher, lobten das höhere Wesen, das dieses Wunder vollbracht hatte.

„Ihr wenn etzertla net aufpaßt, dann setzts was. Des is eine ganz tragische Sach gwesn, des mit dem Club in Berlin."

Das balzende Männchen zog eingeschüchtert seinen Blick weg vom Weibchen. Wie ein Dompteur musterte der Gerch seine gemischte Oberingenieur-Raubtier-Gruppe nahm seinen Krug und daraus einen großen Schluck.

„Na also, geht doch."

Seine dicken Finger angelten sich noch mehr Popcorn.

„Die Berliner ham Einwurf ghabt, nu a Minutn zu spielen, 1:1. Verstehter, kurz vor der Verlängerung. Und da hät mers packt, die Amateure. Also, die Club-Abwehr weit aufgerückt. Berlin hat Einwurf, da ...", und er deutete zwischen Guldenbrezen-Mittellinie und Bierabdeckung-Torgehäuse, spürte Feuchtigkeit.

„Naa", sagte energisch der Gerch, „der Stadionrasen war net naß."

Und um auch dieses Detail in seine Erzählung richtig einzubauen, wischte seine Rechte flach über den Holztisch. Von den zwölf zechenden Blattläusen flogen acht in hohem Bogen einen Biertisch weiter, in eine andere Blattlausgalaxie und vier sofort in den Blattlaushimmel. Einige Tropfen trafen die aufmerksam zuhörenden, fünf Zwerge und ihr Steno-wittchen.

„Ja, passen Sie doch auf, das gibt es doch nicht!"

„Genau, etzertla verstehter mi. Des gibts doch net, gell, des habi mir a gsagt. Also, die ham Einwurf."

Der Gerch legte ein Popcorn auf den Holz-tisch, nur eine Daumenbreite neben dem Vie-rer-Blattlaus-Familiengrab.

Er fingerte nach einer Zigarettenpackung.

„Ich darf schon bitten!"

„Danke", konterte der Gerch.

Doch dem Nadelstreifen-Zwerg ging das nun doch zu weit.

„Wer glauben Sie eigentlich, daß Sie sind? Zu-erst nehmen Sie meiner Kollegin die Brezel weg…"

„Paß amol auf, was ich Dir gleich wegnehm, Du Siemens-Clown", und so schnell schaute der Aufmüpfige gar nicht, hatte ihn der Gerch schon an der Krawatte gepackt und zog da-ran, als ob es ein Glockenseil wäre.

„Und etz hältst Dei Waffel!"

Jedes Wort unterstrich der Gerch, indem er an der Seidenkrawatte heftig riß und sein diplo-miertes Opfer nickte bei jeder Nackenattacke heftiger. Nach dem „Dei", seinem vierten Nicker schwebte die Stirn knapp über dem Biertisch. Beim Gerchschen Wort „Waffel" tat es einen soliden Schlag.

Der Anzug-Zwerg sagte kein Wort, rang nur nach Luft und rieb sich den nelkenroten Mund.

Die anderen sahen zwar entsetzt zu, aber keiner muckte nach dieser Nahkampf-Einlage gegen den fränkischen Glöckner von Alterlangen auf. Der Gerch zog einen Qualmbalken heraus, drehte der Schlanken den Filterkopf vom Rumpf.

„Also Einwurf, der Ball kummt zum andern Berliner."

Ein weiteres Popcorn landete neben dem zylindrischen Filter-Ball.

„Der Marco Kurz hechelt nu zrück."

Der Gerch rollte noch ein Popcorn auf den Holztisch.

Die Mollige sah einen Kalorienstoß nach dem anderen durch die schweißigen Wurstfinger dieses Fußballfans ungenießbar werden.

„Etz macht halt was", quengelte sie in ihrer Not zu ihren fünf Anzug-Zwergen.

„Genau", tobte der Gerch los und blickte ihr ins pausbackige Puder-Antlitz.

„Genau, die Clubabwehr hätt was machn müssn. Aber die war zu weit offen."

Er breitete rasant und weit seine Arme aus, haute dabei einer vorbeifliegenden Hummel voll auf die Waffel. Diese mußte mit rechtem Flügelausfall im Abfalleimer notlanden.

„Und der Kurz brellt auf den Köpke", er

schob zwei Popcorn zusammen, der Gerch-Daumen zerquetschte die aufgeblasenen Maiskörner. Einer Blattlaus fielen bei diesem Höllenlärm fast die Ohren vom Kopf.

„Und der Berliner haut a nu des Ei nei ins Clubtor", der Gerch schob gekonnt den Ball-Filter auf den Bierkrugabdecker.

„2 : 1 verlorn, gegn die Amateure, Sekunden vor dera Drecks-Verlängerung", er nimmt einen langen, großen Schluck.

„Die Abwehr hätt halt hintn bleim müssn", sagte er.

Er starrte durch die fünf Anzug-Zwerge und das Stenowittchen hindurch, hypnotisierte den Horizont.

„Genau", schrie er plötzlich, „hintn bleim! Mir sin nausgflogn aus dem Dreckspokal. Mir sin nausgflogn – ich – der Club! Völlig, hick, unverdient nausgflogn. Wenns a weng denkt hättn, danns hättns uns gwinna lassn, die Amateure. Was wolln denn die im Halbfinale. Aber was willst denn von an Berliner scho erwartn? Nix!"

Und so abrupt wie er zu reden begonnen hatte, so abrupt endete er auch.

Das Stenowittchen griff vorsichtig nach einem Popcorn. Schob es durch ihre Avon-Lippen hindurch in den Mund. Eine Blattlaus ließ sich knapp, bevor der Schneidezahn heruntersauste, nach unten fallen. Die andere Blattlaus schaltete zu langsam, wurde zerschnitten, akkurat mittig. Und da der Gerch, inzwischen wieder mit Katzenbuckel schief hängendem Kopf, verschleiertem Blick, leise Biergebete brabbelte, nur so da saß, griff und aß sie die restliche Popcorn-Fußballmannschaft auch noch auf. Die blechernen Noten verschafften sich, nachdem der Gerch nur noch wie im Beichtstuhl flüsterte, wieder Gehör. Bei den fünf Weißhemd-Zwergen lockerte sich die Anspannung, der beinahe Strangulierte lockerte seine Krawatte.

„Meine Geduld wäre beinahe zu Ende gewesen, aber ich darf nur in Notwehr zuschlagen. Ich bin Rotgurt im Karate", säuselte er zum Stenowittchen. Die grabschte sich gerade den Brezenrest. Sie genoß die Nahrung, die wieder einsetzende, fünffache Balz-Dosis und drehte ihr Köpfchen jedem Krawatten-Zwerg für Sekunden zu, daß ja keiner nachlassen möge mit seinem Imponiergehabe.

Neue Blattläuse waren auf den Holztisch gekrochen, lauerten, wie in jedem Jahr, zwischen der gröhlenden, dampfenden Herde Menschen auf das alljährliche Pfingst-Bier-Wunder.

Der Gerch versank nach seinem „Durchblicker" mehr und mehr in seinem Bier-Nirwana.

Nur noch einmal, kurz vor 23 Uhr, erhob er laut und klar seinen Bierbaß:
„Wenns wenigstens die Büchenbacher gwesn wärn, die die Cluberer ausm Pokal nausghaut hättn. Ja das wär eine gerechte Sensation gwesn. Aber die Berliner, des war eine überflüssige Sensation."
Griff zur Flüssigkeit, trank, schluckte und schwieg, danach endgültig blau, für den Rest der lauen Berch-Nacht.

Gerch III
Der Berch-Gwerch-Triathlon

„Auf und nieder immer wieder, hamers erscht gestern gmacht, machmers heit a …", sang glücklich der Gerch.

Seinen gestrigen „Breller" hatte der Gerch in der Maisonne bereits wieder mit einigen Maßen aufgewärmt.

„Marri nu ana", brüllte er seiner Stammbedienung zu. Aber die hörte seinen Hilferuf nicht, weil sie in einen Disput verwickelt war. Ein Anzugträger wurde lauter:

„Meine Sekretärin hat telefonisch 11 Plätze für 16.00 Uhr reserviert. 11 Plätze und die möchte ich jetzt auch und zwar sofort!"

„Und wo?" dabei klappte die Marri ihren rechten Arm aus, schwenkte 7 leere Krüge gefährlich knapp über die Köpfe der Sitzenden hinweg.

„Ja, Sie gefallen mir gnädige Frau …"

„Obi Ihna gfall is mir wurscht", fuhr die Marri den Krawattenträger an.

„Oiso, die, die an Platz reservieren, die habi eh scho gfressn, verstenas. Und da herom gibts eh vuizuvui vo dera Rass. Platz reserviern, gägägä, und dann no uma viere. Schleichdi. Schau da drobn am Bam, da is nu a Platz. Da gehst jetzt hinauf, Du Oberguru, mit Deine zehn Apostln und läßt mir mei Ruah."

Im Weggehen schimpfte die Marri immer noch, drückte dabei fast trostsuchend die geleerten Krüge der rechten und die vollen Krüge der linken Hand an ihre Dirndl-Brust.

„Uma viere käm der Hammel daher."

Sie blieb noch mal stehen, drehte sich um und belferte zurück zum Weißhemd, der schon recht belämmert dastand:

„Ja solli die andern Gäst um Schlag viere vom Bankel ramma, ha. A so a Schmarrn!"

Der Gerch sah noch wie der Boss-Anzug mit seinen Jüngern den Rückzug antrat. Hälse drehten Köpfe wieder zurück zu den Maßkrügen. Rücken bauten wieder Wände. Der Gerch saß vor seiner tönernen Bierzisterne und stierte in den dunklen Abgrund. Er rüttelte am Krug, tief unten schwappte der Bierspiegel. Das mochte er gar nicht.

„Bloß nu a Maulvoll im Krug und weit und breit ka Nachschub, und a nu die Marri verscheucht. So sins, die Oberingenieure", dröhnte er zu seinen Biernachbarn.

Aber da saßen auch welche mit Firmenausweis, und die blitzten brüskiert zurück. Aber das registrierte der Gerch nicht. Durch seinen Schädel wälzte sich einzig und allein die Sorge um den fehlenden Biernachschub.

Einer ohne Firmenausweis schob ihm polternd seinen Maßkrug hin.

„Da Nachbar, nimm halt von mir an Schluck!"

Der Gerch griff, setzte an und schluckte gewaltig.

„Ahhh", stöhnte lustvoll der Gerch und stellte den nun leeren Krug seinem staunenden Bier-Entwicklungshelfer zurück.

Wer kostbares Bier mit dem Gerch teilt, den mag der Gerch. Und wenn der Gerch sich auch noch im Durchblicker-Stadium befindet, dann redet er sehr ausgiebig mit solch einem feinen Menschen. Über alles! Er fließt dann schier über. Stülpt sein Innerstes nach außen und redet ohne Unterlaß.

„Machn Sie a an Sport, Nachber? Also mich bringt der ganze Fitneß-Wirbel überhaupt net aus meiner Ruh. Ich dapp etz über 40 Jahr in unserer Welt rum und bin ohne Fitneß auskumma. Obwohl, im Gschäft traut mer si ja bald nemmer sagn, daß mer am Wochenend bloß wiedermal gmütlich in der Wertschaft ghockt is, a Bier trunkn und a Schaifela gessn hat. Da ham mir beispielsweis a Sachbearbeiterin im Lager, die is seit a paar Wochn auf dem totaln Fitneß-Trip.

Zur Brotzeit rührt se si ihr Müsli o. In der Mittagspause rennts im Fabrikhof im Kreis rum. Und am Nachmittag habis amol beim Kopfstand auf ihrm Schreibtisch zwischen Stempelkissen und Rechenmaschina erwischt.

Die is so erschrockn, wis mich gmerkt hat, daß ihr Gleichgwicht verlorn hat und mit am halbn Salto und zwa Drittel Schraubn in des Büro-Kakteen-Regal neigsegelt is.

Und nach dem letztn Wochenend is mit am mordsdrumma blaua Aug am Montag im Lager auftaucht.

Das hat sie sich im Squash-Court geholt, hats stolz derzählt."

Obwohl er mißgelaunt in den leeren Krug glotzte, redete der Gerch weiter.

„Also, wenn Sie mich scho so fragn, wer net fit is oder wenigstens so tut als ob, der is out. Mer hat ja scho fast an Komplex, wenma net im Trainingsanzuch, Nikke-a-air Turnschuh und eizogna Bauch sein Rasen mäht."

Der Gerch sah die Marri aus dem Kastaniengrün auftauchen. Er ließ sich eine neue Maß histelln und dieser 21 Zentimeter hohe, frisch geschenkte Nachschub, machte ihn lockerer und noch gesprächiger.

„Schauas, beispielsweise mal Heiratsanzeign o. Also, wenn ich a Fra suchn tät, bloß mal so angnomma, denn ich hab ja ane daham – obwohl, die is etz bestimmt net daham, die is in der Volkshochschul bei an Kurs von der

Frau Zirbelhöfer-Eismannskoffer: ‚Mit Entspannung zum regelmäßigen Stuhlgang' in sieben Doppelstunden – also falls ich ane suchn tät, a Fra, schreibert ich in die Zeitung:

Er, Mitte 40, 1,76, vollschlank,
ortsgebunden im Gasthaus ‚Zur Einkehr',
sucht treue Zechkumpanin.

Stattdessen liest mer in die Heiratsanzeign …"
und er knitterte die Wochenendausgabe der Erlanger Nachrichten auf die Bierbank.
Eine Ameise ließ entsetzt den Krümel Guldenbreze fallen; die knisternde Sonnenfinsternis hatte sie zu Tode erschreckt.

„34 Jahre, 188 cm groß, sportlich.
Er, breitschultrig, hat einen muskulösen, durchtrainierten Körper, blonde Haare, tiefblaue Augen; Don-Johnson-Typ, sucht Sie.

Also kenna sie den Don-Johnson, Nachber? Den Linden B. Johnson kenni, aber den Don. Die Don-Kosaken kenni a …", der Gerch nahm einen tiefen Schluck, der ihm neuen Schwung gab und las weiter vor:

„29 Jahre – locker wirft sie die Tennistasche über die schönen Schultern und schlendert in hautengen Jeans und lässig weitem Sweat-Shirt zum Tennisplatz. Die blonden, frech geschnittenen Haare fallen ihr natürlich ins Gesicht.

Manch einem fallns a natürlich aus.

Und wenn sie ihren sinnlichen Mund zu einem legeren Hallo …

Leger? Bestimmt a Druckfehler, des haßt wahrscheinlich Lager Hell, net Leger Hallo. Mensch, wenn ich so an Pfusch im Gschäft fabriziern tät.

Und wenn sie ihren sinnlichen Mund zu einem ‚Lager Hell' öffnet, spürt man das Mädchenhafte ihrer Figur, sich in ihrem Wesen widerspiegeln.

Mögn Sie a mädchenhafte Figur, hä?"
Der Angesprochene zögerte mit der Antwort. Neben ihm thronte eine Gewaltige. Ihre kurzärmelige Bluse versuchte verzweifelt Fleischberge zu bändigen. Ohne Erfolg! Aus allen Öffnungen quoll es, sprengte schier die Knopfleiste.
„Ich steh auf Füllige", sagte sein Gesprächspartner kleinlaut.
Er saß dem Gerch gegenüber und aus den Augenwinkeln schielte er vorsichtig zu der Seinen. Diese lächelte und schob 55 Gramm

Emmentaler auf einmal in ihr kraftvoll zubeißendes Kalorien-Zerkleinerungs-Werk. Das arbeitete so geräuschvoll, daß der Gerch seinen Lieblings-Schlager „Schau hie, da liegt a toter ..." viel zu spät hörte und nur noch zweimal mitgröhlen konnte.

„Des mit dera Fitneß hast etz sogar im Urlaub. Mei Alte wollt letztes Jahr unbedingt in so an Ferienclub fliegn. Also, in aller Herrgottsfrüh, genau vor unserm Bungalow, hams se si zu aner Neger-Musik verrenkt. Da wars vorbei mit meiner Ruh. Um neine is aner mitm Megaphon im Club rumgsterzt und hat Teilnehmer zum Bognschießn gsucht. Da war ich aber scho viel zu erschöpft, denn da hab ich grad die einzige Fitneß-Leistung von meim Urlaubstag scho vollbracht ghabt. Die Sportart hast ‚Liegen besetzen am Pool', mit vier Badetüchern: eine Art Sonnenliegen-Hindernis-Parcours. Da zählt Schnelligkeit, Reaktionsvermögen und Sprungkraft!
Sogar nachts hats Remmidemmi gebn.
‚Miss Clubanlach' – hams da amol gwählt. Erst ham die Bewerberinnen ihre Fitneß beim Limbo zeign müssn dann beim Club-Cha-Cha-Cha ihre gebräunte Haut.
A Hausfra aus Dortmund hat des völlig falsch verstandn, hat ihrn Busn entblößt. Die anderen Kandidatinnen waren alle entsetzt. Doch wie dann die Männer immer lauter klatscht

und pfiffn ham, da sin die restlichen Misswahl-Konkurrentinnen neidisch worn und ham si a entblättert. Des war a echter Höhepunkt, die Blitzlichter hamsi gar nemmer beruhigt."

Die Stämmige funkelte den Gerch böse an.

„Des is doch der reinste Fitneß-Streß im Urlaub. Schauas, z. B. die Anzeige."

Der Gerch blätterte.

Das Knistern hörte auch die Ameise. Diese saß betend in einer Holzritze des Biertisches. Sie wurde erhört. Und es wurde Licht. Die Ameise dankte ihrem höheren Wesen, das alles lenkt, und nahm erneut Witterung nach der Gulden-Breze auf. Doch da wurde es schon wieder bleiern riechende, finstere Nacht. Der Gerch hatte gefunden, was er suchte. Sein ausgestreckter Mittelfinger stieß zweimal, falkengleich auf das Zeitungsblatt.

„Mit Euch sind wir rund um die Uhr
gern jedem Spaße auf der Spur.
Wer mag, ist morgens schon dabei:
Gymnastik, Stretchen – eins, zwei, drei.

Ham Sie a scho amol gestretcht?"

Die Thronende hatte noch nicht.

„Aber in der Schull hama geturnt", entschuldigte sie sich schnaufend.

Ihre Zunge schaufelte eben 125 Gramm Rettich hinter die linke Brücke. Die ausgestopfte Backe hatte sich bei jeder Silbe bewegt.

„Der Berch, des is mei größte Freud,
der Sport was für die bleden Leut."

Der Gerch, zufrieden mit seinem Gedicht,
gönnte sich einen Schluck.
„Am liebsten bleibert ich in meim Urlaub so-
wieso daham, da hab ich wenigsten mei Ruh.
Obwohl an die Weiher werds a immer voller.
Vor allem die Surfer! Und wenns dann rum-
gurkn in der Uferzone, des Schilf quadratme-
terweis niederbügeln, die Schwän über den
Weiher hetzn, kopfüber ins Wildentengelege
neihechtn – echte Naturfreunde. Und beim
Schwimma werst schnell, sehr schnell, wenn
so a High-Fly-Bügelbrett mit Sturmsegel und
Oberingenieur hinter dir her flyt.
Beim Abfischen im Herbst sichst dann bei die
Karpfen am abgeschrammten Buckl, wie oft
die Plastik-Schwerter von die Neopren-Affn in
den Fisch neighudzd sin.
Mecht ihr Karpfn?"
Die umfangreiche Matrone nickte heftig, freu-
te sich sehr, von dem Dauer-Waffler wenig-
stens ein ihr angenehmes Wort gehört zu
haben.
„Aber bloß backna."
Den Gerch überraschte das nicht.
„Mit Pommes frites und am Ketschup", schob
sie beinahe feierlich nach.
Das überraschte den Gerch allerdings schon
sehr.

„Skifahrn is der gleiche Scheiß.
A Kollech von mir hat sich an ganz kompli-
zierten Drehbruch in Österreich gholt. Ganz
stolz isser auf Krückn braungebrannt ins
Gschäft ghumpelt und hat erklärt, aus dem
Stand hätt er des gschafft, beim Ansteh am
Lift, so einfach umgflogn: bums, zack, knack,
ab. Und gstrahlt hater dabei; Fotos hater
zeicht, so als ob des a bsondre Leistung wär,
sich die Ba zu brechn.
Des Beste für mei Gsundheit is Ruhe und a
Seidla Bier. Und während der Berch-Kerwa a
amol a Mäßla."
Und der Gerch streichelte dabei liebevoll
über den tönernen Krug-Leib.
„Und erscht die Bodybuilder. Jeden Tag in so
a Folterkammer, an die Muskeln rumzerrn bis
ka Anzug mehr paßt, bloß nu Hühnereiweiß
und Magnesium fressn."
Die Gewaltige griff bei diesen Worten
erstaunlich schnell nach ihrem Fisch-Bröt-
chen.
„Magnesium", dachte sie angewidert und
schob das Brötchen ganz hinein. Der Gerch
begann bereits wieder zu blättern.
Die Ameise hockte immer noch wie erstarrt
in ihrer Holzritze. Die zwei Donnerschläge
von vorhin hatte sie noch längst nicht ver-
daut.
„Da", rief der Gerch und las ohne Rücksicht
auf seine kauende Zuhörerin vor.

> „Beseitigen Sie Ihre Problemzonen
> am Bauch, Gesäß und Oberschenkeln
> mit einem von uns erstellten Fitneß-
> programm, das genau auf Ihren Kör-
> per zugeschnitten ist.

Genau auf Ihren Körper", wiederholte er,
schaute auf, sah die Gewaltige.
Er griff zum Bierkrug, lachte erst in sich, dann
verdeckt durch den Krug, in diesen hinein. Er
setzte ab, und las gut geölt weiter.

> „Food of the Champions, Vollwert-
> protein mit Laktalbumin, kollagenes
> Eiweiß, vitaminisiert und geschmacks-
> neutral; sahniges, rahmiges mouth-
> feeling. Neu: Geschmacksrichtung
> Pinacolada."

Das war zuviel! Nicht das Fitneßprogramm
hatte sie zutiefst getroffen, sondern das Ge-
schmacksneutral. Angeregt hatte sie sahnig,
rahmig. Was Süßes muß her, dachte sie.
„Zuckerwatte", sagte sie zu dem Ihren.
„Und bring a gleich brannte Mandeln mit!"
Der Angesprochene stand brav auf. Vielleicht
war er auch froh, der Weight-watcher-Aspi-
rantin für Minuten entrinnen zu können. Der
Gerch schaute dem Schmalen mitleidvoll nach.
„Aber sein Krug hatter mer higschobn. Ein
feiner Mensch", dachte der Gerch.

154

Die Marri kam vorbei. Gerade zur rechten Zeit. Ein neuer Krug, ein neues Glück, dem Gerch ging es sehr gut.

„Ein Gschiß is des mit dera Fitneß-Welle. Da laffns nemmer, die joggen etz. Gwandert werd a nemmer – walking. Schwimma is out – swimming im Hallenbad. Federball hab ich früher gspielt – etz spielns Badminton. Früher hattmer Holz ghackt, etz hat mer zentrale Ölversorgung, macht aber dafür body-building. Aber wehe die Rolltreppen im Kaufhof is hie – ein Gschrei!! Mit dem letzten Galgn bini früher gradelt, etz brauchst a Spezial-bike mit lasergschweißtn Rahmen und mundgeblasenem Schlauch."

Recht gschlaucht, arg zerdrückt, kam der Schmale zurück. Da und dort Zuckerwatte-Flocken auf dem Hemd. Und er opferte seiner Gää den Holzstiel, an dem da und dort noch Flaum hing. Legte drei Tüten Gebranntes sich leicht verneigend vor seine gemästete Gottheit. Sie zeigte ihm zum Dank ihre Zähne und hing schon in dem Kalorien-Gespinst. Präzise schleckte sie den Holzstab nackt; staubsaugergleich pfiff sie die Zuckerwatte in ihren geräumigen Magen.

Die Ameise kauerte sich bei dem pfeifenden Ton noch tiefer in ihre Ritze, wiederholte zum zigten male den Psalm:

„Oh starkes Wesen rette mich."

„Die schönste Sportart für mich", brüllte der

Gerch, „der Berch-Triathlon: nauflafn – zamsaufn – mit am gstolna Fahrrad hamfetzn."

Und damit stoppte sein Redefluß so abrupt, wie er begonnen hatte. Er sank geradezu in sich zusammen. So als ob er Schutz bei sich suchen würde. Die ihn da anglotzten, störten ihn auf einmal. Besonders diejenige, die gerade gebrannte Mandeln zermalmte. Auch die Töne der Blaskapellen, die ihn einzukreisen schienen, folterten mit einemmal seine Trommelfelle. Von überall her schien es auf ihn einzustürmen. Und da dazwischen drang auch noch von seinem Gegenüber herüber:

„Nachbar, hast a an Schluck für mich?"

Der Gerch umfaßte seinen Krug. Zog ihn mit beiden Armen fest an sich. Das konnte er in seinem jetzigen Zustand schon gar nicht leiden. Von seinem Bier etwas hergeben. Aber trotz seiner Wut, und seiner Angst vor einem möglichen Mundraub, er konnte nichts entgegnen. Worte purzelten in seinem Schädel herum.

„Nix gebidi was", hörte da der Gerch.

Wer hatte das gesagt? Es war wieder soweit. Vom Gipfel des Durchblickens stürzte er tief ins Tal des Biersumpfes.

„Schluß", dachte er.

Der Gerch nahm den Krug, schüttete den Rest Bier einem Vorbeigehenden auf die Schuhe, warf den leeren, nutzlosen Bier-Zylinder auf die Erde. Schob die Zeitung vom

Tisch und bettete seinen Schädel auf die Holzbank.

„Danke", flüsterte erleichtert die Ameise, die ihr Gebet abbrechend, vorsichtig aus der Holzritze kroch.

„Bitte", lallte der Gerch, und Gerüche, Gesänge, Geschunkle wiegten ihn in einen tiefen, festen Berch-Schlaf.

Oberbürgermeister Dr. Dietmar Hahlweg

„Auf der Bergkerwa bekommt man das beste Gefühl für die Seele unserer Stadt."

Gerch IV

Das Keller-Breller-Gschmarr

Wie gesagt: Wenn sich der Gerch im Durchblicker-Stadium befindet, und auch noch eine
frisch eingeschenkte Maß vor sich stehen hat,
dann redet er gerne. Alle, die ihn kennen,
sagen: „Mit am leichten Breller, da schmarrt
der Gerch am Keller. Und zwar mit an jedm!"

Einmal kam er mit drei Türken ins Gespräch.
„Bei Ihnen noch Platz, Herr?"
„Fraali, Du kannst hinhocken mit Kameraden!"
Aber die drei aus dem Morgenland verstanden nichts. Doch der Gerch war bereits so
beglückt von malziger Promilleflut, daß sein
Herz überfloß, er die drei Sitzplatzlosen nicht
nur bedauerte, sondern auch Verständnis für
deren sprachliche Barriere aufbrachte. Was
alle, die den Gerch kannten, sehr überrascht
hätte. Der ließ nämlich außer Sergio Zarate
oder gerade noch Percy Olivares keine Aus-

länder gelten. Aber die Berch-Stimmung, das gute, vor allem viele Bier, schloß den Gerch ganz tief innen auf.

„Hier fraalich noch Plätze, wir rücken zusammen", artikulierte der Gerch deutlich und langsam an die Adresse der drei Schnurrbärtigen. Seine beiden Nebenleute fragte er erst gar nicht, sondern bewegte nur sein Unterteil, wie ein Ganter, schwungvoll hin und her. Sein linker Banknachbar, ein Norddeutscher, den die Weltfirma nach Franken verschlagen hatte, begriff sofort.

„Na is doch klar, Jungs, immer rein in die Kombüse."

Aber der zu seiner Rechten faßte den brachialen ,Gerchalen Schenkel-Stubser völlig falsch auf.

„Oimal no, des sagi Dir. I hock, und wege di Asylante werd i grad aufrücke. Hanoi, ich glaub, Sie spinnat!"

Der Gerch verlor ob solch einer Reaktion erst die Fassung, fand sie wieder und legte dann los:

„Ja, was bist denn Du für aner, hä. Wennst mit Deim Arsch net gleich an Meter wegrutscht, dann …", und die Pranken vom Gerch langten nach der Gurgel des Schwaben, der längst seinen Gefühlsausbruch bereute.

Die Schwabenfrau guckte ängstlich an ihrem Mann vorbei zu dem Absender dieser martialischen Philippika. Zu dem Ihren gewandt, dem das Blut sichtbar vom Kopf weg, irgendwohin in die Tiefen seiner Blutbahn geflossen war, meinte sie:

„Ah, komm Ernst, wir wollet eh no Karussell fahret. Komm, laß des Bäuerle doch schwätze."

„Ich geb Dir gleich an Bäuerle, Du Dolln", und der Gerch angelte jetzt nach der Frau. Die behaarten, Gerchalen Tentakel beschleunigten ganz erheblich ihren Aufbruch.

Ein norddeutscher Solidaritätsplatz, zwei schwäbische Vertriebenenplätze, die drei Türken setzten sich verlegen. In ihren Gesichtern stand vor allem die Entschuldigung für das handgreifliche Vorgehen des Gerch. Doch der trank erst mal aus seinem Krug und sonnte sich dann in der Maisonne und seiner ganz außerordentlich ausländerfreundlichen Tat.

„Woher Ihr kommen?"

„Kommen von Bruck."

„Naa", lachte der Gerch. „Nicht meinen, woher gerade her kommen. Wo, äh, richtig herkommen. Ich maan, wo Deine Vater und Mutter seien."

„In Bruck."

Da schaltete sich das Nordlicht ein.

„Ne, ne Jungs, das is ganz anders. Der Mann will wissen, wo geboren", sagte das blonde Nordlicht, jeden Buchstaben langsam zu den dreien durch die Mailuft schickend. Beim Gerch erkundigte er sich:

„War doch so gemeint, nich?"

Der Gerch mochte ihn jetzt gar nicht mehr.

„A so, a Gscheiderla", rieselte es dem Gerch durch seinen hopfenbewölkten Kopf. Doch die Übersetzung half.

„Kommen Istanbul."

„Aha, Isdanbul", echote der Gerch.

„Du kennen Feldkamp Karls. Gut Trainer aus Germany, etzertla lernen Türken in Isdanbul des Fußballn."

„Feldkamp? – Galataseray – immer gut trainiren."

„Genau", freute sich der Gerch, „Galladassarai."
Triumphierend glotzte der Gerch dem Norddeutschen frech mitten ins Gesicht.

„Do schaust, hä? Ich was scho, wie mer mit die Kümmeltürken red. Da brauchi kan Dolmetscher. Und so an Fischkupf wie Dich scho gleich gar net."

Er griff zum Krug, nahm einen großen Schluck.

„Zwa Maul voll", wie er immer sagt.

„Etzertla paß auf, Nachbar, daßd a was lernst", schmiß er augenzwinkernd dem Norddeutschen hin; aber, der nur an 0,3 Liter Bierinjektionen Gewöhnte, bemerkte die fränkische Spitze gar nicht mehr so recht, er trudelte bereits hinein in seinen riesigen Biersee. Zu den dreien aus dem Morgenland flüsterte der Gerch inhaltsschwer nur ein Wort. Damit hatte er bereits bei all seinen Urlauben, von Mallorca bis Benidorm, bei den Ausländern geglänzt und Begeisterungsstürme ausgelöst. Auf Djer-

163

ba wurde er sogar von einem Markt-Mufti, nachdem er das Sesam-öffne-dich-Wort eingesetzt hatte, zum Kamel-Frei-Ritt rund um den Touristen-Verarsch-Basar eingeladen. Was heißt eingeladen, richtig hinaufgedrängt hat jener ihn auf das Viech. Schlecht wurde es dem Gerch. Hundertfach fotografiert, hing er in beängstigender Schräglage auf dem Wüstenschiff, sein Club-Käppi war ihm tief ins Gesicht gerutscht, aber er hielt sich tapfer. Knapp vor dem Ausgangspunkt des Gratis-Schaukel-Gehatsches schmiß es ihn dann doch noch mächtig in den nordafrikanischen Staub.

„Aber bloß, weil der zwahöckrige Gaul plötzlich bremst hat und in die Knie ganga ist." Der Gerch befahl dem Kamelführer noch: „Halts halt, daß net hält, des Hunds-Kamel!" Zu spät. Den Gerch katapultierte es über den „Bulmers" des Widerkäuers. Dieser tierische Telemach-Knicks hat ihn mächtig überrascht, denn auf den Zigarettenpackungen „stehns so scheinheilig rum die Kamele. Da siechst des wieder, die Werbung lügt, wenns des Maul aufmacht." In laufende Düsseldorfer Videokameras sprach er:

„Habimi net gflackt wie der Maiers Sepp, hä?"

Wie gesagt, der Gerch brachte den Dialog mit den drei Türken durch sein verbales Geheimrezept erneut mächtig in Schwung; mit nur einem Wort: „Beckenbauer."

Die drei nickten heftig.

„Völler", sagte einer von ihnen, der bis jetzt noch nichts gesagt hatte.

„Jawoll, der Rudi. Kennter a den Müllers Gerd, wir nennen ihn Bomber der Nation."

Die Drei nickten, der große Schnurrbart deklamierte verträumt: „Rummenigge."

Der Gerch: „Klinsmann."

Ein Türke: „Köpke."

Ja, und das führte beim Gerch zu einem spontanen Sympathieausbruch. Er drückte dem ihm am nächsten sitzenden Türken einen Kuß auf die unrasierte Backe. Übrigens – auf solch einen oral-erotischen Anfall wartet seine Gisela schon seit Jahren vergeblich.

Der Marri schrie er zu, den dreien sofort jedem eine Maß zu bringen, aber schnell. Er besann sich aber doch noch.

„Bring ihna bloß zwaa. Die saufn den ganzen Tag an Tee und kaua an Knoblauch. Am End kriegns nu a Alkoholvergiftung."

Und zum Nordlicht gedreht tönte der Gerch barsch:

„Du brauchst mir net erzähln, wie mer mit die Ausländer red. Du net. Und außerdem, das Beste von eich is eh der Köpke."

Sprachs, drehte sich weg vom sternhagelblauen Ingenieur und trat erneut in die völkerverbindende Kommunikation mit den drei Orientalen ein.

„Du kennen OBI?"

„Opa leben in Ankara."

„Na, net Opa, OBI."

Einer der Türken bohrte Löcher in die Luft.

„Rrrrrrrr, Black und Decker?"

„Genau", der Gerch nickte überglücklich. „Und Dübel hams beim OBI. Die spreizn si nei in Beton. Da kannst a Sau hihänga, der Dübel bewegt si keinen Millimeter."

Die drei verstanden nichts, und schauten recht verstört.

„Ach so, Ihr nicht essen Schweinefleisch. Neija, dann häng mer halt a Rindviech hie. Vielleicht a schwarz-weißes aus Deiner Heimat, Aalfresser."

Aber der Norddeutsche hatte sich bereits vor Minuten abgemeldet.

„Auf der Reeperbahn nachts um halb eins", war der letzte protokollierte Satz von ihm, bevor er sich unter der Bank, mitten auf der Ameisen-Autobahn zur Ruhe bettete. Seit Minuten berichtete der Ameisen-Verkehrsfunk von der Totalsperre der Berchautobahn zwischen Erich- und Entlas-Keller.

Der Gerch wandte sich wieder den dreien zu.

„Kaufhof?"

„Horten."

Fränkisch-Türkisches Laden-Pingpong.

„Heka?"

„Ja, Heka! Viel billig, guter Preis."

„Genau", freute sich der Gerch, „alles finden in Heka. Seifn bloß a Märkla. Und dann der

Wühltisch gleich, wo wemmer neigeht. Immer feine Sachen. An Büchsnöffner habi dort vor zehn Jahr kafft, der geht heit nu."

„Büchsenöffner gehen? Wohin?"

„Na, net gehen. Der Büchsenöffner nicht gehen. Mensch seid ihr adli."

„Aldi?"

„Na net Aldi, adli, Ihr seid putziges Leute! Und gehen sagen wir auch bei Büchsenöffner. Da mana mir, der Büchsenöffner funktionieren noch. Verstehen, Du nehmen Dose Schappi, nei mitm Büchsenöffner und rum."

„Wir nix essen Chappi, Herr."

„Habi a net gsagt, aber ich brauchna doch jedn Tag, den Öffner, für mein Hund. Ihr freßt fraali ka Hundefutter. Aber wis den Europakanol baut ham, hams in Büchenbach Berch leere Hundefutter-Dosn gfundn."

„Berch sehr schön!"

„Ja, Berch sehr schön. Aber davon redmer etzertla doch net. Berch Dosen, Du verstehen? Dosen-Berch."

Und dabei zeichnete der Gerch die Cheops-Pyramide in die Luft.

„Ja, ich verstehen, Herr. Dosen werfen, alle treffen, gewinnen. Ali geworfen, alle weg, aber nix gewinnen. Mann gesagt, heute Sonntag, Du Moschee, nix arbeiten, auch nichts gewinnen."

„Etz vergeßt amol den Berch. An Haufn, so an die 400 leere Dosn, Hundefutter-Dosn hams bei Büchenbach gfundn. Verstehter. Kane Türken gefressen Hundefutter. Eich hams doch damals no gar net reiglassn zu uns. Franzosen ham des Schappi gfressn. Franzosen – aber die fressn ja a die Baa von die Frösch. Verstehn, Froschschenkeli fressns a – pfui Deifl. Du mögn Frösche? Quak, quak."

„Zu Hause haben auch Quak. Zu Hause. Viel warm und Papa und Mama."

Und die drei schauten sich an und dem Gerch taten sie leid.

„Ja, Männer, ich versteh Eich. Ich auch schon weg von daheim. Manchmal fahren zu Auswärtsspielen vom 1. FCN. Und dann, wenn auch noch verloren, dann in fremder Stadt auch sehr einsam. Grad wenni dann aufm Bahnhof hock. Greina kennti wie a Sau. Halt, die Sau mechtä ja wieder net. Also, wie a Hund könnt ich dann greina."

Und der Gerch schluckte, wischte sich verlegen über die Nase.

„Aber heute nicht traurig, wir hocken doch so schee beieinander aufm Berch."

„Berch schön, Herr!"

„Gell, des habter net in Isdanbul!"

Und sie saßen noch lange auf dem Berch, redeten und tranken miteinander.

Ja, wie gesagt. Wenn der Gerch bequem vor einem vollen Krug sitzt, seine Blase frisch entleert ist und er einen leichten Breller hat, dann redet der Gerch gerne; mit einem jeden.

Es kamen mal zwei amerikanische Soldaten an seinem Stammplatz vorbei.

„Come on", rief der Gerch, „hock you down and make a Pause. But we have ka Coca-Cola, we have what betters, a Bier!"

Und die zwei GI's waren überrascht von soviel Freundlichkeit und der Gerch war überrascht, wie er da plötzlich fluently English babbelte.

„Thank you, Sir", und schon saßen die zwei dem Gerch gegenüber.

„Now you have Dorscht and we need a Bier. The head-problem is die Marri, you understand?"

Nein, die zwei verstanden nichts. Aber das machte nichts, denn sie freuten sich dennoch, daß ein Eingeborener mit ihnen so nett plauderte.

„Die Marri is dauernd hurry up, die poor Sau. She works like a dog. So look, all people here under the Kastanien-trees are hocking quasi in the starting-holes, weil she want all have the one: ans, and somebody wants a zwa oder drei Biers. And you see, a Marri is not outreaching and so we must all wait. And da is no underschied, all must wait: old and jung, reich and arm. But I have a Vorteil, I the Gerch, are a Stammgast, you can understand me. A Stammtrinker and so die Marri immer looks at erscht to me, wenn's kummt."

Diese lange, für den Gerch im ungewohnten

Englisch gehaltene Rede machte ihn durstig. Er nahm einen kräftigen Schluck. Die zwei GI's strahlten ihn kaugummikauend an.

„Da, take it", der Gerch schob den Kurzgeschorenen seinen Krug hin.

„But don't spotz your Babbelgum in my Bier, gell."

„You speak very good, Sir."

„Gell, you mean des a. I know bloß net, warum my school-teacher net the same gmant hat."

„Es gibt kein Bier auf Hawaii, es gibt kein Bier", blies es dem Gerch ans Ohr.

„You hear the Blas-music? They spiels now: es gibt ka Bier auf Hawaii. You are scho amal in Hawaii?"

„No we are not, Sir."

„Ach was, I a net. But I mechert gar net hi to Hawaii. Weil, there is no Bier. Genauso wie hier", und der Gerch lachte über seinen treffenden Vergleich, weil er selbst beinahe auf dem Trockenen saß.

Übrigens, der Gerch haßte nichts mehr als leere Maßkrüge.

„Die sind doch völlig sinnlos", sagt er immer. Welchen Sinn sollten die denn auch haben, außer dem, Bier davon abzuhalten, auf dem Tisch herumzulaufen.

„Wenn aber kein Bier mehr in den Krügen drin ist, das sie davon abhalten können, auf dem Tisch herumzulaufen", folgert der Gerch immer logisch und laut bei seiner Rede über die Krüge, „dann ist so a Krug völlig sinnlos. Genauso sinnlos, wie wenn der Club neinzig Minuten gspielt hat, verliert und kane Punkte griecht. Der eigentliche Sinn und Zweck eines Kruges ist voll zu sein", philosophierte der Gerch und kam so langsam ins Fahrwasser seines bestechenden, systematischen Krug-Plädoyers, vergaß dabei die GI's.

„A Krug, der keinen Inhalt mehr hat, ist seiner Seele beraubt. Sinnlos ist der Krug. Denn die Luft, die dann in dem leeren Ton-Zylinder steckt, die könnt auch nebem dem Krug steh. Nur Flüssigkeiten brauchen einen Krug. Flüssigkeit kann mer net so einfach vor sich auf den Biertisch hinstelln. Die würde sofort davolafn.

Und stelln se si amol des Chaos vor, angenommen es gäbe werkli no kani Bierkrüg. Da lafert des Bier so einfach aufn Tisch rum. Wem gehört dann was? Eine endlose Streiterei geb des um die Bierpfützn. Wennst di net schickn tätst mit dem aufschlürfn, dann müßt dem Bier sogar no hinterherrumpeln. Weil Bier läft, wennst des net aufhälst, sofort nach unten. Aufm Boden müßt mer dann rumleckn. Außerdem denkns an die Bestellung. Des haßert dann nemmer, stellmer ane her, sondern schüttmer ane her. Wer sollte die Bierbestellungen kontrollieren? A schlecht eingschenkte Maß kannst zurückgeh lassn, aber a schlampert hiegschütte Maß? Vielleicht kannst am Aufprall hörn, daß des nie a Liter war, der da aufn Tisch hiblatscht is. Aber wie willst Du des beweisn? Ohne Krug läfft die Brüh doch einfach so rum.

Und da hamer scho des nächste Problem. Des Bier waß ja gar net, wo es hie ghört. Ohne Krug keine Grenze. Heimatlos wärs quasi, des Bier.

Wie im Lebn a. Also die Menschen sin des Bier und die Krüg des sin die Grenzen. Schauas, im Osten sin die Grenzen weg und scho läfts bei uns rum, des Gschwardl. Über-all schwabbens hie. Vermenga wolln se si a mit unsere Frauen. Also, ohne Krug gingerts mit dem Bier genauso. Des lafert in des Restla vom Nachbarn nei, des no rumschwimmt aufm Tisch. Des gebert a saubere Mischung! Na, und der andere freiert si und däts auf-schlabbern und Du könnerstes zahln. Wassi zahlt hab, saufi selber.

Leere Krüge stehen nutzlos rum. Und wenns an Streit gibt, dann nimmt mer scho amal an Krug und haut na so am Streithammel als schlagendes Argument aufs Hirn nauf. Daß er endli kapiert, was mer mant. Aber nur mit am leern Krug haut mer zu. A gfüllter Krug, das wär Verschwendung. A Sünd wärs, wo so viel Neger Hunger ham in Afrika. Also, auch das beweist: leere Krüge sind zu vermeiden."

„But now look, there comes the Marri. Is she net a sexy girl? And she hat an Haufen power. And you would laugh, she can pack in his arms bis zu 14 Maß, full bis zum rand. Now you look with your eyes, hä? That has you not denkt. I immer say: Die Marri is a wild thing."

Der Gerch rief hin zur Marri: „Geh her da, Marri nu ana."

„We have no marihuana", stieß der eine Ami entsetzt hervor. Und die zwei standen schleunigst auf und eilten davon.

„Yes, da her weht der Wind. Da red mer mit die Ketchub-Fresser, gibt ihna a Bier und dann laßns an hockn. You werd laugh", polterte der Gerch hinter den zweien her, „ich moch gar ka Amerikaner. Net amol die Amerikaner beim Bäcker fressi. Und '94 bei der Fußball-WM bei Eich daham, da werder abkoffert. Gegen Eieri elf Nationalkaschper schick mer die Büchenbacher. Die Altherren von die Froscher kumma, die langa a."

Und der Gerch hockte sich vor seinen Krug, und von ihm war an diesem Berch-Abend kein einziges Wort mehr zu hören. Doch er dachte da capo:

„Alle Ausländer sin gscheid bled!"

Udo B. Greiner,
Redaktionsleiter Erlanger Nachrichten

„Und wenn ‚Marmor, Stein und Eisen bricht' er-
schallt, die jungen Leute auf Bänken und Tischen
stehen, erreicht der vorher so ruhige Berg urplötz-
lich die Gewalt eines Vulkans. Gerne läßt man sich
von diesem Temperamentsausbruch mitreißen, der
einem – so scheint es fast – die Jugend zurück-
bringt.
Die Bergkirchweih – ein Jungbrunnen also? Ich
bilde es mir ein – auch wenn ich nach dem Berg
eigentlich immer einen längeren Urlaub nötig
habe.“

Gerch V

Mit der Bärenmutter Gisela auf dem rechten Weg

„Waßt Du, mei Giesela verträcht nix. Und deswegn nemis net gern mit aufn Berch."
Der Gerch hatte bercherfahren die Pause der Blaskapelle genutzt. Sein Gesprächspartner hing mehr, als daß er aufrecht saß, dem Gerch gegenüber. Der Gerch ärgerte sich schon fünf Bier-Evergreens lang, den Kegelbruder zu seinem heiligen Pfingst-Sonntags-Frühschoppen mitgenommen zu haben.

Zu Beginn des Frühschoppens gab es in den Augen des Gerch noch keinerlei Beanstandungen an seinem Berchkameraden. Übrigens: der Gerch lehnt den Begriff Frühschoppen kategorisch ab, hat ihn durch Frühmaßen ersetzt.
„Aufn Berch gibts des Bier nicht im Schoppen. Da braucherst ja a ewig, bis Du an Durchblicker griechst, wenn des Bier in Schoppen-Schüsseli ausgschenkt werert."

Der Stammtisch-Bruder überbrückte die Maul-
faulheit des Gerch, sowohl beim Hinweg, als
auch während der ersten Stunden auf dem
Keller. Denn der Gerch braucht erst sein
Durchblicker-Pensum, bevor er zu reden
beginnt.

Überhaupt der Hinweg.
„Wenns ner bloß net gar so schee wär auf
dem Berch", sagt der Gerch immer.
Ohne Berch-Kerwa käme der Gerch sicherlich
nie auf die Idee, freiwillig den beschwerli-
chen Burgberg-Anstieg auf sich zu nehmen.
„Na", stöhnt der Gerch dauernd, „laafn is net
meins. Aber was tut mer net alles für den
Berch."

Ab dem Martin-Luther-Platz ein Gedränge wie
an der Fronleichnams-Prozession in der Fern-
seh-Fernbedienungslosen Zeit, als der liebe
Gott noch eine Attraktion war. In Sechser-Rei-
hen die Essenbacher Straße entlang. Über die
Schwabach-Brücke und dann das schlimmste
– das Kopfsteinpflaster der Bergstraße bis hinauf zum Glückshafen.
Der Glückshafen, der Treffpunkt der Erlanger,
eine Art fränkischer meeting-point. Aber weil
es da noch die Bommi-Bude, zwei Telefon-
zellen und das Zentral-WC-Häusla gibt,
immer Menschenverstopfung.
„Uma sechsa am Glückshafn."

Und wenn dann ein paar tausend Erlanger „sechsa" ausgemacht haben, dann wird es leicht „siema" bis sich alle gefunden haben. Aber bei dem „Gwerch" trifft man auch manchmal einen, der jahrelang verschwunden war.

Nach diesem ersten Engpaß gabelt sich die Berch-Autobahn:

Linksrum ins Bier-Schlaraffenland, rechtsrum zu den Karussells. Aber rechtsrum stiefelt der Gerch so gut wie nie. Es gibt nur zwei Ausnahmen.

Erstens: Der Gerch hat einen „Riesen-Affn"; einen Promille-Kingkong; beinahe schon ein Prozent-Mammut. Dann hat er seinen Lieblings-Bierzustand, das Stadium des Durchblickens, nicht halten können, sondern brutal ertränkt. Wenn der Gerch so „zamgwaacht is", schläft er am Keller ein. Wenn er dann aufwacht, dann pressierts ihm, er muß! Wenn der Gerch aus seinem Hopfenschlummer unterleibsmäßig gerissen, loswankt, verläuft er sich immer auf dem Weg zur „Rinna." Immer! Er torkelt dann aus Versehen zu den Karussells. Bei einem dieser unbeabsichtigten Ausflüge blickte er hilfesuchend in den Himmel, entdeckte weit oben das Riesenrad. Gewaltig ragte es aus dem Lichter-, Menschen- und Wattmeer. Das Riesenrad begann sich langsam zu bewegen, rollte genau auf ihn zu.

„Deckung, des Riesenrad kummt", tobte panisch der Gerch und schmiß sich in den Berch-Dreck.

Doch das Rad kam nicht, sondern die Sanitäter kamen, trugen den phantasierenden Gerch in die Berch-Station gegenüber vom Trautner-Zelt.

Zweitens: Seine Gisela hat ihn schon drei Berch-Kerwas lang genervt. Dann kann es sein, daß der Gerch im vierten Berch-Jahr weich wird. Aber diese Rechtsrum-Exkursion, ist das schlimmste, was man ihm antun kann. Bevor er sich schweren Herzens von seinem Keller-Stammplatz wegbewegt, braucht er als erstes eine solide Bierbasis. So fünf Maß müssen es mindestens sein, sonst erträgt er diese Expedition nicht.

Langsam, wie ein Kamel, das weg von der Oase, hinein in die Wüste muß, ließ sich der Gerch also einmal von seiner Gisela zum „durchgeh" bewegen. Aber schon nach wenigen Metern wollte er noch irgendwo schnell eine „Stehmaß neischüttn." Er setzte sich durch, obwohl seine Gisela auch ohne diese „Stehmaß" um das Stehvermögen ihres „Mannsbildes" bangte. Aber der Gerch war störrisch.

„Sonst kannst allans zu die Karussell."

Und sie wußte, daß er es meinte, wie er es gesagt hatte. Also, der Gerch besorgte sich eine „Stehmaß". Doch er schüttete sie nicht, er „sterzte" sie in sich hinein: ohne viel zu schlucken, Simsala – ahhh, weg war die Maß! Der Gerch grunzte, wischte sich mit seinem linken Handrücken über die feuchten Lippen, „die war saumäßig eigschenkt."

Ab der Weggabelung wurde der Gerch immer grantiger. Wegen der vielen Menschen, wegen der lauter werdenden Musik und vor allem, weil die Bierzapfstellen Schritt für Schritt weniger, die Karussells immer mehr wurden. „Bei die Brucker nu schnell a Stehmaß, Gisela", bläkte der Gerch seiner vorausschlängelnden Ehefrau hinterher. Die schimpfte fürchterlich mit ihrem Gerch, als sie das hörte:

„Nix gibt's, alter Suffkopf!"

Sie meinte mit ihrem widerspenstigen, durstigen Gerch zu schimpfen, doch hinter ihr in dem Gewühl tappte ein Anzugträger. Der versehentlich Zusammengestauchte verstand gar nicht, was die „Krampf-Henne" von ihm wollte.

„Was denn, gnädige Frau!"

Sie blieb stehen, erkannte, erstarrte lotrecht, wurde zum Verkehrshindernis, sah gerade noch den Gerch, wie er abhaute, sich in den Menschenstrom warf. Gedreht wurde, in Gegenrichtung gespült, sich wieder aufbäumte, die Arme rudernd über Köpfe bewegte, das Faß vor Augen, bärenstark, fränkisch sturköpfig, Bier riechend, jetzt raumgreifend das kalt ausatmende Kellerloch erreichte. Diese

Stehmaß, weil unbestritten die letzte vor dem Meer aus Licht, Geruch, Pop-Musik, beklemmender Textilnähe, soff er noch schneller als die vorherigen in sich hinein. Aber der Gerch vertrug es schon, das Berch-Training hatte ihn bereits gestählt. Die Gisela tauchte nörgelnd neben ihm auf.

„Hob, kumm etz endli."

Und dem Gerch war jetzt auch schon alles wurscht. Er stieß sich ab vom kühlen, so vertraut riechenden Kellerausschank. Die Menge nahm ihn auf, bettete ihn zwischen schnaufenden Männer- und wogenden Frauenbrüsten. Nahtlos umschloß ihn die sommerlich gekleidete Textil-Fleisch-Schlange. Die Gisela zerrte ihn aber aus dem leicht wogenden Menschen-Futteral, dessen Tritt-Rhythmus der Gerch, sechs-Maß-wonniglich abgefüllt, sofort instinktiv aufgenommen hatte.

„Des is die falsche Richtung, Gerch. Wir wolln net zu die Keller, mir wolln zu die Karussell!"

Er hätte sich gerne weitertreiben lassen, embryonal, willenlos, geführt von der Masse. Aber die Brüllerei seiner Gisela riß ihn aus seiner dumpfen Glückseligkeit.

„Aufm Berch ises bloß allans schee", maulte der Gerch.

Er wollte sich auf den Boden fallen lassen, auf allen Vieren, für seine zeternde Gisela unsichtbar, in diesem Strom glücklich weiter watscheln. Aber obwohl der Boden nur hundertachtundsiebzig Zentimeter entfernt war, für den Gerch blieb er dennoch unerreichbar. Wie eine geschlossene Eisdecke die Masse um ihn herum, unmöglich für ihn abzutauchen. Er versuchte es mit einer gespielten Ohnmacht. Die Menschenmenge nahm seine Kilos locker auf, wie ein Korken tümpelte er weiter mit.

„Daher sollst", brüllte sie wieder.

Der Gerch versuchte schweren Herzens und noch schwereren Fußes eine Kurskorrektur. Sofort wurde aus dem behaglichen Schieben und Schweben ein rupfendes Zerren und Stoßen.

„Mit der Masse mußt Du mit, Du bist a Stück vom Ganzn. Wennst gegen den Strom willst, dann brauchst Kraft. Mit dem Strom brauchst kane. Da gehst vo selber, ganz bequem. Die schiem Di da hi, wo alles hischiebt. Kaner was warum, aber alle wolln da hi. Scho immer war des so. Und da bist Du dann. Obwohl Du gar net da hin gwollt hast. Alle sin dort. Du a. Und dann fragst Du Dich, was willi denn eigentli etzertla da? Nix! Keine Ahnung! Du weißt es nicht. Und obwohl alle da sin, bist Du ganz allans. Vielleicht bist deswegn so allans, weil Du net allans bist. Und die alle regn Dich dann auf. Und vor allem, Du wollst doch gar net da hi. Aber es war ja so leicht mit alle im Strom.

Ich hab ja die Gisela gar net heiratn wolln. Gmüßt habi, mei Mutter hats a gsagt. Wemmer so lang mit am Weibsbild rumläfft, dann mußtes a heiratn. Was denkst, was die Leit denkn. Des wollti net, daß die was Falsches über mich denkn. Also habi nix denkt, und halt des gmacht, was alle machn, daß net über mich was Falsches denkn. Und alle ham si gfreit, wi ich dann die Gisela gheirat hab. Alle. Alle schwimma im Strom. Aber kaner waß, wohi."

Die Gedanken des Gerchs sind jetzt wieder auf Durchblicker-Niveau. Jetzt möchte er auf seinem Stammplatz hocken und mit jemandem reden. Das mit dem „gegen den Strom", bei einer neuen Maß tiefer ergründen. Stattdessen boxte er sich durch feindliches Karussellgebiet.

„Ich mog net", brüllte er.

„Dann schaui Di nie mehr o", brüllte sie.

Nein, das will der Gerch zwar manchmal, vielleicht auch oft, aber daß sie ihn nie mehr anschauen würde, das will er denn doch nicht.

Er holte tief Luft, stemmte sich mit aller Kraft gegen den Strom, schwitzte, fluchte, trat, wurde getreten und stand endlich auf der Seite der Berch-Gänger, die zu den Karussells wogten.

Die nun zufriedene Gisela hängte sich bei ihm ein, und es ging Meter für Meter voran.

Da mußten seine Füße Schwerstarbeit leisten, denn ständig stand irgendein fremder Absatz auf ihnen. Da mußten seine Ohren Schwerstarbeit leisten, denn dauernd stachen die Elektronik-Höhen gnadenlos in seine Eustachische-Röhre.

„Etz kafmer uns a Los", quäkte gut gelaunt die Gisela.

„A recht", dachte der Gerch und lenkte sich und sie, langsam, rechts ran zur hockenden Losverkäuferin im weißen Malermantel.

„Wollmer a neilanga", sagte die sitzende Gebißträgerin zu ihm, ihre Zahnprothese nicht Lippensynchron, hinkte schmatzend Zehntelsekunden hinterher.

Er zahlte für fünf Lose, die Gisela griff andächtig in das zerkratzte Plexiglas-Mausoleum.

„Schon wieder die völlig freie Auswahl", knatterte der Lautsprecher los.

Ein Dicker mit weitgehockter Hose, grauschleierischem, gespanntem Hemd, bauchgedehntem Hosenträger, hielt ein Mikro mit rotweiß kariertem Geschirrtuch-Präservativ an seinen Mund.

„Gehen Sie nicht achtlos an ihrem Glück vorrüber, mitspieln, mitgwinna."

Der Gerch stierte nach oben. Der Budenhimmel hing voller grellbunter Stofftiere.

„A so an Bärn mecherti, Gerch", forderte die Gisela, während sie das erste Los entrollte.

Der Gerch fixierte wieder die oben aufge-
hängte Plüsch-Strecke. Und er richtete seinen
bierglasigen Blick noch weiter nach oben und
spektulierte:

„Lieber Gott, laß die Nervensäg so an King-
Kong-Bärn gwinna. Ich trink zwa Mäßli auf
Dei Wohl."

„Gerch, Gerch schau halt, freie Auswahl!"
Zwischen Giselas Daumen und Zeigefinger
zwirbelte sich gerade der klopapierfarbene
Papierschnitzel wieder zusammen.

„Eie Aus", konnte der Gerch entziffern.

Er trug seiner Gisela den 1 Meter 50 blauen
Grizzly. Natürlich mußten sie mit solch einer
frei ausgewählten Last sofort umkehren.

„Damit dem schöna Kerl nix passiert", sagte
fürsorglich die Bärenmutter Gisela.

Und gern fädelten sich der Gerch, seine Gise-
la und deren Bär wieder in Gegenrichtung
ein. Und seine Füße störten sich auf dem
Rückweg nicht an den Tritten, und seine
Ohren störten sich nicht an der Popmusik-
Folter. Im Gegenteil, ein Oldie nistete sich in
seinem Hirn ein. Er summte aufgekratzt dem
Bären auf dem Rückweg ins Ohr:

„Marmor, Stahl und Eisen bricht ..."

Bei der Weggabelung drückte er der Gisela
den Bären an die Brust.

„Fahr schee ham mit deim Freind, ich trink nu
a Mäßla!"

Der Gerch verdrückte sich auf den Keller zu

seinem Stammplatz. Der Gisela paßte das zwar nicht so recht, aber ihr Hauptpreis tröstet sie. Als sie in den 87er Bus stieg war es ihr, als ob ihr der Bär ins Ohr singen würde: „Marmor, Stein und Eisen bricht …"

Und der Gerch saß auf der Holzbank und löste zuerst sein Gelübde ein, und trank dann freiwillig weitere Dank-Maßen. Dabei erzählte er seinem Banknachbarn von dem Pfingstwunder. Und den haute es während der Gerchschen Erzählung glatt um.

„Weil die Bänk ka Lehna ham", brach der Gerch das entsetzte Schweigen am Tisch.

„Da könnt manch aner no länger am Tisch hockn bleim, wenns a Lehna hiebauertn. Aber a so! Wennst an Qualm hast, taumelst nach hintn und zack, liegst im Dreck. Wie oft hab ich scho mit die Schuh von am Berch-Nachbarn gschmarrt bissi gmerkt hab, daß net die ausgwatschtn Trottoir-Tretter zurückgstöhnt ham, sondern der Kopf von dem Kerl, der unterm Tisch glegn is."

Da hing also der Kegelbruder mehr, als daß er saß, dem Gerch gegenüber. Wie gesagt, beim Hinweg und in den ersten Stunden hatte der Gerch keinerlei Beanstandungen gehabt. Der andere redete brav. Vor allem lobte er den Gerch, wie taktgenau er die Frühschoppen-Märsche alle mitdirigierte.

Ja, die Märsche, die mag der Gerch. Klarer

Text, pffftätä, pffftätä, pffta, pffta, pffftätä.
„Und der Takt geht vom Herz nei in die Füß",
sagt der Gerch immer.
„Wennst mir an gscheitn Marsch spielst, dann
lafeter locker nach Hechschdadd und a wieder zrück."
Wenn der Gerch in Stimmung kommt, dann
nimmt er sich ein Stück Gulden-Breze und
dirigiert die Blaskapelle.

Einmal bei diesem Pfingst-Frühschoppen stellte er sich sogar auf die Bierbank. Er stand
jedoch nur kurz. Denn die Bank kippte nach
hinten, behauptete er.
„Die bsuffna Sau is ausm Stand nach hinten
kippt", behaupteten die Augenzeugen.
Egal wie, der Gerch schlug nach einer halben
Schraube gekonnt und haargenau krachend
zwischen zwei Bierbänken ein. Und wie er
ausgestürzt war, die Nüchternen riefen schon
nach den Sanis, die Besoffenen suchten mit
glasigen Augen den netten Dirigenten von
der Holzbank, da meinte der Gerch:
„Wenni schon aufgstandn bin, dann gehi a
gleich schiffn."

Da hing der geplättete Kegelbruder, und der
Bierpegel vom Gerch war doch jetzt soweit
gestiegen, daß er durchblickte und er red-
selig wurde. Aber der besoffene Kegelbruder
fiel aus. Schneewittchenweiß im Gesicht

mußte er jetzt dafür zahlen, daß er die ersten Maßen so schnell hineingesoffen hatte. Das passierte dem Gerch nicht mehr. Er näherte sich geübt dem bierseeligen Durchblicker-Stadium. Zuunterst hatte der Gerch ein Sardinen-Brötchen gelegt, danach einen Rettich und später 150 Gramm Hausmacher. Dazwischen Bier; fränkische Berch-Lasagne. Als dann der obligatorische Emmentaler die Grundlage abgedeckelt hatte, konnte sich der Gerch getrost zügig, seinem Durchblicker-Pensum nähern.

Der Kegelbruder hatte gar nichts gegessen. Zum Glück, denn die Geräusche, die er gerade begann von sich zu geben, die kannte der Gerch.

„Mußt speia?" fragte der Gerch interessiert.

Die Frage war überflüssig, denn der Kegelbruder war mittendrin. Was er in Stunden Schluck für Schluck in sich hineingegossen hatte, haute er jetzt in einem feuchten Schlag auf den Keller. In einer Transportpause wimmerte der Kegelbruder erschöpft:

„Ich versteh des fei net. Des warn drei Maß, wenns hochkommt."

Gelogen. Mindestens vier kamen allein jetzt hoch.

Dann verabschiedete er sich recht geschwächt vom Gerch. Der saß jetzt allein da, zwischen Fremden. Doch das war dem Gerch eh am liebsten.

„Hast Du die Spei-Sau da kennt?" fragte ihn einer am Biertisch in fünf-Maß-Legastheniker-Fränkisch.

„Den Spei-Teifl? Na!"

„Hättmi a gwundert", erwiderte erneut sprachlich eckig der Inquisitor und Wortführer der Fußball-Elf auf Pfingstausflug.

„Sunst werst nämlich vom Bänkla gflogn, Alter", schaltete sich eine haarige Brust mit Kaufhof-Breitglied-Goldkette ein.

Jetzt erst nahm der Gerch die Jungmänner und das Fähnchen FC samt Ständer auf dem Tisch wahr. Nicht weil das Bier seinen Blickwinkel eingeschränkt hat, sondern weil der Gerch erst ab einer bestimmten Biermenge durchblickt. Er hob seine Maß, sagte „Prost, Männer", und brav nahm der FC ebenfalls seine Krüge auf. Bis auf die Goldkette bereits alle sehr schwerfällig. Einige nur als Reflex auf den hochgehenden Nachbararm, andere weil sie das „Prost" aufschreckte.

Die Marri brachte eine neue Lieferung. Der Gerch wandte sich der nach Davidoff duftenden Goldkette zu.

„Waßt Du, mei Gisela verträcht nix", babbelte der Gerch.

Sagte Prost und hob seinen vollen Krug. Nicht mehr das ganze Fußball-Team zog nach. Einige Ausfälle waren bereits zu beklagen. Einer stierte, einer schnarchte, träumte vom Alleingang im Eltersdorfer Stadion, seinem Schuß, den tausende bejubelten. Und einer stand auf, schwankte in die Nacht.

„Meine verträcht a nix", sagte der Davidoff und er suchte mit seiner Tennis-Socken-Zehe seinen schief gehatschten Versandhaus-Slipper.

„Weiber ghörn a net aufn Berch", hob glasklar der Gerch an, „die müssn zu oft aufn Topf. Des kummt daher, daß mir Männer früher auf der Jagd warn. Und wennst so an Bärn verfolgt hast, dann hast ja schlecht schreia kenna, hallo Bär, bleib amol steh, ich muß amol. Also ham mir Männer scho vo alters her a Training. Die Weibli ham vor der Höhle Beeren zupft. Und wenn die amol gmüßt ham, dann sin die einfach in die Büsch. Überhaupt ka Problem, weil die Beern lafnder ja net davo wie die Bärn. Und deshalb müßn mir net so oft, kenna länger aufn Berch hockn."

Die Weißsocke langweilte sichtlich dieses „Gschmarri".

Da kam der zurück, der vorhin so plötzlich verschwunden war.

„Ich hab uns Bommis orga, orga, gholt." Sprachlich zwar mangelhaft, aber die Promille-Bomben hatte er sicher zur Bierbank balanciert.

Die Fußballer, die noch mitbekamen, was in der Jetztwelt geschah, griffen nach dem Schnaps und schütteten ihn in sich hinein.

Gerch lehnte ab, Goldkette triumphierte.

„Verträchst nix, Alter?"

Seine Augen leicht verdreht griff er auch noch nach dem vor dem Gerch stehenden Gläschen. Er schüttete es blitzschnell dem anderen Schnaps hinterher.

„Vertragn alle nix!" er legte das Gläschen zurück auf die Bierbank. Es rollte zum Rand. Davidoff wollte es noch auffangen. Er griff daneben. Er merkte jetzt, daß die Bank samt danebenstehender Eiche auf ihn zukam. Er wollte auch Bank und Baum auffangen, schlug bei diesem putzig anzusehenden Versuch dumpf auf die Burgbergerde.

„Die Jugend verträcht a nix", kommentierte der Gerch diesen Kamikaze-Abgang. Er war gespannt, wer als nächster ihm gegenüber Platz nahm. Denn er saß kerzengerade, voll durchblickend, redebereit an seinem Stammplatz.

„Drei Tach, drei Tach gemmer nemmer ham, gemmer nemmer ham", sang er glücklich mit der Blaskapelle.

„Ham?" überlegte er.

Der Gerch hatte keine Ahnung mehr, wo das sein sollte, dieses „ham". Aber, er war vollkommen eins mit sich und der Welt.

Vollkommen voll!

Elke Sommer

„Die Bergkerwa ist eines der schönsten Feste der Welt. Ich fühle mich wohl unter den Franken meiner Heimatstadt. Aus jedem Maßkrug muß man trinken, jeder busselt einen ab."

Werner Heider, Komponist

„Das Wetter: animierend, abends das Haus zu verlassen. Wohin? Heute mal auf den Berg. Schauen, Düfte, Klänge, Geräusche, Lichter. Bekannte und Fremde unter den Bäumen. Eine Maß und Schnittlauchbrot. Sitzen und Wandern. Stimmung? Atmosphäre!
Und morgen? Das Wetter: animierend ..."

Gerch VI

Freibier, Bratworscht und der Ehekrüppel

Der Gerch saß glotzend vor seiner Maß, grummelte mißmutigst vor sich hin. Er kippelte den Krug leicht zu sich hin. Schaute mit trainiertem Eichblick hinein. Bewegte ihn nochmals. Der Tonboden bockelte auf dem sonnenbrandigen Holz; hinterließ eine weitere Mensur auf dem Biertisch.

„Halbleer", motzte der Gerch vorwurfsvoll in katholischer Beichtstuhl-Lautstärke.

Sein Bier ging zur Neige! Das machte ihn außergewöhnlich nervös. Um ihn herum floß das Naß hektoliterweise durch Kehlen – und er? Verdurstete! Wurde glatt vergessen. Absichtlich?

„Ja Kreizsakrament", krakeelte er, „a Bier brauchi!"

Dieser verdammte Biermangel machte ihn auch deshalb immer aggressiver, weil er auf dem Weg zu seinem Durchblicker-Gipfel auf gar keinen Fall gestoppt werden wollte. Der

Gerch sagt immer: „Saufn mußt, um den Durchblick zu erlangen."

Aus jahrzehntelanger Erlanger Berch-Erfahrung schlau geworden weiß er: Biernachschub-Stop wirft ihn weit zurück. Er erreicht sein Bier-Nirwana später und was noch viel schlimmer ist: übelst gelaunt.

Da ging es auch schon los. Mit einem Schlag nervte ihn alles. Vor allem, daß ihn zwei Kapellen mit geblasener Gemütlichkeit beschossen, er wehrlos mittendrin im Noten-Krieg saß. Er schrie noch einmal:

„Heijeijei, a Bier brauchi, sunst verdorschti."

Die Japaner am Nachbartisch nickten ihm lächelnd zu:

„Hei", und fotografierten den Gerch.

Der wurde immer säuerlicher, soff den Rest, lümmelte schmollend vor seinem nutzlosen Krug und sagte gar nichts mehr.

Er schaute auf das Keller-Getümmel, sah aber nichts. Er wurde eins mit der Bierbank, war völlig gedankenleer. Bierschaumleicht. Sein Dasein auf die entscheidende Frage reduziert: Wo kriechi a Bier her?

Für andere Gedanken war die Zeit noch nicht reif. Kein Bier im Krug, zu wenig Bier im Gerch.

Er dachte bloß immer: „Wo ner die Marri bleibt?"

Er nahm den Krug, das spärliche Nachala war das Maulöffnen nicht wert. Am Nachbartisch standen die ersten Japaner tobend auf den Bänken. Die Sitzengebliebenen fotografierten die Stehenden und umgekehrt. Einige tauschten sogar die Apparate. Obwohl die Musiker ihre angeschwollenen Lippen längst aus den Mundstücken gezuzelt hatten, sangen, hopsten und fotografierten die Asiaten noch immer.

Die Alte im Dirndl, die Berch-Souvenirs als Feldzeichen vor sich her trug, unterbrach den Bier-Twist der Nippon-Meute. Die Japaner kauften der glücklichen Alten den Holzgalgen leer. Versteinerte Lebkuchenherzen baumelten um ihre Hälse. Auf ihren Köpfen Tirolerhüte mit synthetischem Gamsbart-Ersatz. Die Stimmung steigerte sich – die Auslöser klickten immer häufiger, sammelten die Szenen ein, versteckten sie im Hundertstel-Rhythmus in handlichen Pocket-Kameras.

Der Gerch horchte hinein in den gewaltigen Keller-Töne-Strom, aber er hörte nichts. Er roch hinein in das unnachahmliche Berch-Kerwa-Keller-Aroma, doch er konnte nichts riechen. Der minutenlange Bierentzug hatte alle seine Sinne verwirrt. Er spürte nur noch Durst. Er dachte nur noch: „Marri".

Dann eine Fata Morgana, nein eine Fata Marrigana. Sie kam wirklich. Mit voller Bierkrug-Nutzlast, einem üppigen Bierkrug-Strauß genau auf den Gerch zu. Sein Blick genügte. Keine Worte brauchte dieser Deal. Sie landete die Volle rumpelnd. Er schob ihr die Leere und das abgezählte Geld hin. Die Marri schon wieder durchgestartet, weggezerrt vom Seil geschrieener Bestellungen.

„Zwa da her!"

„Ein Glas bitte!"

„Oi Mäßle!"

„Stoff, hopp!"

„A Maß mogi!"

„Two beer please."

„An Heirigen hams net gnädige Frau!"

„Na könnse mer och en Krug bringn!"

„Dri Krügli!"

„Freibier!"

Bei diesem Wort zuckte der Gerch aus seiner Biermeditations-Haltung hoch.

„Freibier?" sinnierte er, „Freibier?" vergaß zu trinken.

Er war erneut gebremst auf dem Weg zum Durchblicker-Pensum. Vielleicht hatte er es auch mit dem letzten Schluck bereits erreicht? Diese Frage konnte am allerwenigsten der Gerch selbst beantworten. Sein bierphilosophischer Durchblicker kam abrupt, wie der heilige Geist. Zack, und schon war der Bierapostel erleuchtet. Freibier hatte er aus dem Geräuscheozean herausgefischt – Freibier!

Er erinnerte sich, daß ihn genau dieses Wort schon den ganzen Frühschoppen lang zutiefst bewegte. Dem Gerch waren gleich nach der zweiten Maß die Biermarken ausgegangen.

Einem Aushilfskellner schob er äußerst mißmutig einen Geldschein hin. Der Gerch bekam von dem Milchgesicht in der weißen Leinenjacke Geldmünzen zurück. Der Gerch glotzte auf die Münzen und brüllte sofort los: „Ich hab Dir an Fuchzger gem!"

„Nein", sagte der Amateur-Kellner, „es war ein Zehner."

„Berschla, geb mer richtig raus, sunst ..."

Beim Geld verstand der Gerch überhaupt keinen Spaß. Der Jüngling nahm die an eine Kette gefesselte, schwarze Geld-Gruft und da sah der Gerch doch auch schon ganz deutlich seinen Fünfzig-Mark-Schein.

„Und was is des?" rief der Gerch und hatte mit einem Finger blitzschnell auf den Schein gestochen.

Das überzeugte den Überforderten, und er gab dem Gerch brav vierzig Mark zurück. Der Gerch trank nun zufrieden die neue Maß an.

Frisch eingeschenkte Krüge mag der Gerch übrigens sehr gern. Jungfräulicher Schaum, eine Biersäule, die einem schier entgegenhüpft. Das volle Gewicht des Kruges in der Hand. Kühle Flüssigkeit, noch ohne Insekten, die sechsgliedrig den kreisrunden Biersee rudernd durchqueren. Noch ohne Flügel-nach-oben treibende Leichen. Vielleicht trinkt der Gerch auch deshalb soviel, weil er den ersten Schluck so über alles liebt.

„Aber den Rest kannst doch a net wegschüttn. Du mußt na halt zügig vernichten, daß die Brüh gar ka Zeit hat abzusteh."

Das mag der Gerch nämlich gar nicht leiden. Warmer Hopfensumpf. Herumschwebende Guldenbrezen-Brocken. Untergehender Kastaniensamen guckt zum blattreichen Mutterschiff, überprüft perplex die Flugbahn, erkennt zu spät: ballistisch versagt, das Zielgebiet nie und nimmer zum Keimen geeignet. Badende Ameisen-Halbstarke, prustend, sich verschluckend, weiter saufend; die Panik über den grauen, glatten, senkrecht nach oben stehenden Schären-Kerker mehr und mehr vergessend. Eine Blattlaus, die immer tiefer in die nicht endende Flüssigkeit hineinkrault. Die frisch gewässerte Schnake, die aufgeweckt von einem Trompetensolo, blindgeblendet von übermütigen Sonnenstrahlen von ihrem Eiche-Stammschlaf-Blatt senkrecht in die Bierklamm schießt. Sie paddelt, streckt die Flügel hoch, taucht mit dem Kopf unter, schluckt etwas, noch etwas und schlabbert sich augenverdrehend zu Tode.
Nein, diesen trägen, warmen Reste-Teich mag der Gerch nicht!

Er stellte den Krug zurück und steckte die beiden Geldscheine in seinen abgegriffenen Geldbeutel. Und da war auch noch sein Fünf-

zigmarkschein. Der Gerch rechnete nach:
„A frische Maß kafft und nu Geld für 5¹/₂ raus-
kriecht. Und des behalti, außer wenner gleich
wieder kumma tät", dachte sich der Gerch. Das
wollte er als eine Art Gottesurteil gelten lassen.
„Wenner kummt", sagte er halblaut.
Sein Tischnachbar, der noch halb da war,
halb aber schon den Kopf ins Bierparadies
gestreckt hatte, fragte:
„Wer, wenn kummt?"
„Kaner!" erwiderte barsch der Gerch.
„Du bist vielleicht a bleds Mannsbild!"
Damit war der Minimaldialog der beiden Bank-
nachbarn auch schon wieder beendet. Der
Gerch saß vor seinem Krug, fixierte ihn und
dachte „Freibier". Und er grinste dabei. Und
der andere fragte:
„Sichstna kumma, weilst so grinsen tust?"
„Wen?"
„No auf denst wartst."
„Wer wart denn auf wen?"
„No, Du hast doch vorhin gsagt, wenner
kummt."
„Wenner kummt, das wär ganz schlecht."
„Und warum grinst dann so?"
„Weil er net kummt."
Das überstieg das Verständnis des anderen.
Zumal der Sekunde für Sekunde höher in den
Bierhimmel segelte. Aber die normalen Bier-
tisch-Umgangsformen, die beherrschte er
noch. Er hob seinen Krug.

„Prost! Saufmer, daß die Gurgel net verrost."

„Prost!" echote der Gerch.

Der Gerch stellte den Krug zurück. „$5\,^1/_2$ Maß Freibier", dachte er grinsend. Der andere sah es.

„Gell, er kummt net, weilst so grinst", sprudelte er heraus.

Und wie sein Geniestreich in der Mailuft draußen war, da verstand er selbst nicht mehr, was er da gerade formuliert hatte. Den Gerch überraschte es dagegen sehr. Er hatte den, mit dem hochroten „Bulmers", doch total unterschätzt.

„Freibier", brüllte der Gerch gegen den Blasmusikorkan.

„Freibier", der andere.

Und dieses Wort wurde für den restlichen Pfingstmontags-Frühschoppen der Quell einer nie versiegenden Freude für die beiden.

Weniger für die anderen, die sonst noch in Hörweite herumsaßen. Denn die verstanden die sich ständig steigernden Begeisterungsstürme der beiden überhaupt nicht. Außer den Japanern; doch die waren bereits so zugelötet, daß sie alles toll fanden. Da fädelte einer den vollen Film aus seiner Kamera. Zog ihn weit heraus und staunte das kohlrabenschwarze Papier an.

„Senbu dame ni nachatta."

Einige Söhne der Sonne hatten längst ihre Köpfe auf die Holzbank gebettet, müde

Samurais. Nur zwei strahlten unentwegt zum Gerch herüber. Und immer wenn er ihren Blick erwiderte, riefen sie „hei" und nickten. Der Gerch hatte eine neue Maß geordert, packte sie und spürte beim Anheben, daß da etwas nicht stimmte. „Bescheißn wollns mi", dachte er.

„Im Kruch is fei scho aweng weng", brüllte er über den Berch.

Die beiden Asiaten schauten sich an.

„Mr. Weng?" fragten sie.

„Freibier", antwortete der Gerch.

Die Japaner lauschten lernbegierig auf das neue Zauberwort. „Tada no Büru-fleibil", übte der eine kaum hörbar.

Er verglich es nochmal mit dem lauter werdenden Ruf von nebenan. Sicher rief er „Fleibiel" und strahlte noch mehr als beim „hei", denn die zwei Eingeborenen nickten nicht bloß zurück, sondern hoben ihre Krüge, prosteten herüber.

Und wenn mal einige Sekunden Ruhe war, dann nur, weil sie sich zuprosteten. Danach sofort wieder, sich mehr und mehr steigernd:

„Freibier", der eine.

„Freibier", der andere.

„Fleibiel", das dünner werdende Echo vom asiatischen Nebentisch.

Dort griff das Chaos mehr und mehr um sich. Der Filmausfädler hatte zwischenzeitlich die Filme aller Fotoapparate kontrolliert. Eine

Zelluloid-Schlangenbrut schlängelte sich auf dem Biertisch. Einige der Schlafenden waren eine Etage tiefer geglitten, bekämpften das Erdbeben in ihrem Kopf bodennah. Der Zweier-Fleibiel-Chor war zum Solisten geworden, denn seit geraumer Zeit würgte der eine erstaunliche Mengen hoch. Und auch der Solist wurde stimmlich immer unbedeutender. Zur Heiserkeit kam noch der Hirnausfall.

„Fleibiel".

Das war es dann! Die asiatische Sprachinsel war endgültig ausgelöscht – der Letzte sank in den Wedelfisch.

„Flei", gab er ein letztes Mal schrill von sich, bevor er sich in Mousse au Makrele bettete. Doch wie der Held in der Wagneroper, der selbst mit einem Speer im Leib, die Schulmedizin Lügen strafend, weiter astrein Arien singen kann, war ab und zu, leiser und leiser werdend, vom letzten KWU-Sohn der aufgehenden Sonne hin und wieder noch ein verstümmeltes „Fleibiel" zu vernehmen.

Irgendwie kamen der Gerch und der andere darauf, daß es noch viel schöner ist, im Duett zu brüllen.

Also blärrten beide „Freibier". Und bei der Uraufführung ihres a capella Zwei-Silbers, den sie genau frasiert von sich gaben, freuten sie sich sehr. Sie lachten.

„Freib …", hob der Gerch erneut an. Doch

beim b war Schluß. Ein Lachkrampf stoppte ihn.

„Fr ...", setzte er nochmals an; prustend warf er sich zurück und die rechte Faust haute er auf die Bierbank; ein Maßkrug sprang übermütig zwei Millimeter weg vom Holzboden der Schwerkraft-Realität. Sein Zechkumpan machte erst gar keinen Rezitationsversuch. Dieser kämpfte mit seiner Luftzufuhr, an Reden war überhaupt nicht zu denken. Und da hockten sie und tobten, daß ihnen die Tränen über die Backen kullerten.

Sogar den Weg zum Pissoir traten sie gemeinsam an.

„Freibier", brüllten sie unentwegt.

Und die Menschen wichen aus, vor dem eingehakten, sich gegenseitig mal stützenden, mal zu Boden reißenden, andere schubsenden Duo.

„Freibier".

Die beiden steigerten Frequenz und Lautstärke, merkten, daß ihnen so noch viel schneller auf der Piss-Chaussee der Weg freigemacht wurde. Und das war gut so, denn das Bier und vor allem das viele Lachen drückten doch gewaltig auf ihre Blasen. Und an der Wasserstelle, da bahnten sie sich mit einem wuchtigen „Freibier" sofort den befreienden Platz direkt über den ständig begossenen WC-Steinen.

Sie wankten, tanzten, schwankten zu ihrem

Platz zurück. Zum Schrecken der anderen fanden sie ihn sicher und noch bierseeliger wieder. Und der Gerch bestellte gleich zwei Maß Freibier.

„Der kummt nemmer", strahlte der Gerch. Und auf die Melodie von „A Moß geht nu, ane geht nu nei ...", sangen die zwei:

„Freibier, Freibier, ane geht nu nei, Freibier ..."

Und den Gerch durchwogte plötzlich der Durchblick.

„Du trinkst Bier, der Körper trennt Alkohol und Wasser. Und wenn genug Wasser getrennt worn is, dann muß mer. Wenn etzertla der Körper aber vom Wasser gesättigt is, dann trennt er nemmer. Alkohol werd sinnlos neigschütt und unverwertet wieder in die Regnitz oder Schwabach, wost halt grad stehst und pißt, gschütt. Und da das Verschwendung is, muß Du dann a weng langsamer saufn.

Wenn der Körper a weng a Zeit ghabt hat, dann kannst wieder weiter neischüttn. Wennst net wartst, dann nimmst Dei Maß am besten gleich mit auf die Schiffstation. Weil, wenn du voll bist, dann schüttst ders oben nei und kaum is drin, wills scho wieder naus. Also du mußt quasi „wassermarsch-bereit" über der Rinna steh. Aber des is ja ka Spaß. Man hat a gar nix davo. Dorscht hast ja eh kan mehr, also was soll der Umweg. Am gscheitstn, Du schüttst die Maß gleich in die Rinna. Sparst der des Schluckn.

Spezialisten steign in dem Stadium um. Bier hat dann zuviel Wasser und zu wenig Alkohol. Ein optimales Verhältnis hat zu dem Zeitpunkt ein Bommi. Viel Alkohol, wenig Flüssigkeit. Da is die Rennerei mit einem Schlag vorbei. Du kannst dann a gar nemmer renna. Da wär mancher froh, wenner nu laafn könnt. Aber Bommi sind nix für mich", sagte der Gerch seinem Nachbarn, der sichtlich beeindruckt von diesem Gerchschen Erkenntnis-Schwall regungslos wie ein Schwamm dasaß und die absoluten Schlauheiten aufsog.

„Denn wennst an Bommi neischüttst, dann werd aus dem Seier schnell a Speier. Na", betonte der Gerch, „mit am Schnaps kannst Du mich jagn."

Der andere wollte ob dieses Gerchschen Ergusses auch nicht nachstehen. Außerdem, von Freibier mal abgesehen, hatte er nun wahrlich noch gar nichts von sich gegeben.

„Die besten Bratwärscht hat der Güthlein!"

Das saß. Den Gerch riß es, als er das hörte.

„Genau", unterstrich er, „mit Sauerkraut und Brot."

„Und an Meerrettich."

„Jawoll, der ramt des Hirn aus."

Und der Gedanke an solch eine Mahlzeit ließ die Rechte des Gerch nach oben schnellen und auf den Rücken seiner Zufallsnachbarin,

einer gepflegten Vierzigjährigen, herunter-
knallen.

Die unterbrach ihr Gespräch. Sie unterbrach zum ersten Mal ihr Gespräch, seit sie, ihr Mann und das befreundete Ehepaar sich bei unserem Freibier-Gespann niedergelassen hatten. Ihr Ehemann registrierte dankbarst ihre Pause.

„Etz hält die Revolvergoschn a amal ihr Waffel", sagte er schmunzelnd in die Runde.

Und mit einem donnernden „Freibier" bei erhobenem Maßkrug bat er um Aufnahme in den Verein der beiden. Und der Gerch und sein Gegenüber, der nach dem Bratwurst-Geständnis endgültig sein Berch-Kamerad geworden war, antworteten synchron „Freibier". Und damit war der Aufnahmeantrag angenommen. Als der Neue auch noch lauthals eine Maß orderte, sie den beiden hinschob, hatte er die Vereinsaufnahmegebühr bezahlt.

„Freibier", brüllten die drei, noch nicht ganz synchron. Doch zum Üben hatten sie ja noch einige Maßen Zeit.

Stunden später stand der Gerch mit seinem neuen Blutsalkoholbruder „Bratworscht", wie er ihn anerkennend nannte, dem Ehekrüppel – sie war längst mit dem Ehepaar verschwunden – und anderen auf der Bank und alle skandierten.

„Freibier, Freibier FCN."

Die neue Brüllformel hatte sich Maß für Maß entwickelt. Zuerst kamen der harte Kern des Freibier-Clubs, Bratworscht, Ehekrüppel und der Gerch auf den Trichter, zwei Freibier aneinander zu hängen. Ein totales Glücksgefühl, wenn das stimmig über den Berch donnerte. Als sich das hirnmäßig gefestigt hatte, kam als textliche Arabeske „Tscha, tscha, tscha uhh" dazu. Doch das wurde wieder verworfen, vor allem weil das „uhh" überhaupt nicht im Takt gelingen wollte.

Und dann war plötzlich dieses FCN da. Das war griffig, ging locker über biersabbernde Lippen.

„Freibier, Freibier FCN", schallte es minutenlang. Bis plötzlich der Ehekrüppel nach einem besonders gelungenen Durchlauf schrie:

„Flaschen-Club Nermberch."

Das wollte aber Bratworscht so nicht stehen lassen.

„Des sind kani Flaschn, Du Doldi", fauchte er ihn an.

Und ihre frisch knospende Beziehung war ernsthaft bedroht.

„Freibier Club Erlang", haute der Gerch diplomatisch in die hitziger werdende Debatte.

„Genau", nickten die beiden Streithähne, griffen zu ihren Maßen, nahmen riesige Schlucke. Die Versöhnung war ja so schön.

Um weitere Mißverständnisse zu vermeiden,

schlug der Gerch gröhlend FCE vor. Der Gerch brauchte aber einige Brülldurchgänge, bis er die semantische Neuerung durchgesetzt hatte.

„Freibier, Freibier, FCE", stemmte er sich immer wieder gegen das N der anderen.

„Freibierclub Erlang, Erlang. E net N", predigte er katholisch zäh!

Neue Vereinsbrüller erkannte man am N und ihrer blöden Frage:

„Warum denn E, die hasn doch FCN."

Der Gerch, Bratworscht und Ehekrüppel hatten neben der Biervernichtung somit ständig missionarische Arbeit zu verrichten. Aber irgendwann schien es dem Gerch, als ob der Berch von vorn bis hinten „Freibier, Freibier FCE" brüllte.

Der Blick vom Gerch wurde immer weiter. Er sah die Sterne.

„Als wennst unter am riesigen Zelt aus schwarzem Karton hockerst. In den Karton hams Löchli neigstanzt. Und da dahinter hockt er. Hockt scho immer da, werd immer dahockn. Die nächste Berch-Kerwa und die übernächste Kerwa a. Er hockt nu dort, wenns scho lang kan Berch mehr gem werd. Hockt, kratzt sich an seim Kopf und des Licht von seiner Schlafzimmerlampn des blitzt bis runter zur Berch-Kerwa."

Der Bratworscht verstand gar nichts, schrie

dafür umso lauter „Freibier, Freibier FCE."
Der Gerch deutete nach oben.
„Da is der klane Wagn."
„Ich bin raufgloffn", sagte der Ehekrüppel,
froh, etwas verstanden zu haben.
„Da der große Wagn."
„Mir hams mein Schein scho zwaamal
zwickt", sagte der Brotworscht.
Von dem profanen Gewaffel der beiden ließ
sich der Gerch nicht im geringsten stören. Er
war es gewohnt, daß ihm bei seinen Durch-
blicker-Flügen keiner folgen konnte.

Und der Gerch sah, weit über der Berch-
Kerwa, einen hellen Punkt, der sich bewegte.
„Etz kumter."
Bratworscht hörte es, kramte in seiner nach-
mittäglichen Erinnerung. Literweise stand ihm
Bier im Weg. Er kam nicht drauf.
„Wer kumt?" fragte er.
„Der Sternenzerstörer."
„Ich bin a Bierzerstörer", schaltete sich der
Ehekrüppel ein.
Der Gerch starrte auf den Lichtpunkt, der
gerade in den großen Bären …
„Dort ist die große Leier, und daneben des
Fäßla."
Der Gerchsche Erguß wurde jäh gestoppt.
Rülpsend landete der Gerch, sprach endlich
wieder die Sprache seiner Freunde.
„Freibier Fäßla, FKK."

„In Oberndorf lafns nackerdi rum. Da müßter amol hischaua."

„Da kamer doch net hischaua."

Die Lufthansa-Abendmaschine aus Frankfurt verließ gerade am sternenklaren Himmel ihre Flughöhe. Der Pilot der Boeing 737 nahm die Kopfhörer ab, schaute zu seinem Co-Piloten: „Hat da jemand Freibier gerufen?"

Und der junge Kellner, der immer noch arbeitete, kam doch noch. Aber er erkannte den Gerch nicht und der Gerch, der erkannte sowieso keinen mehr.

Dr. Rudolf Schwarzenbach, Berufsm. Stadtrat

„Für mich ist der Berch
…ein Ort, wo die Erlanger noch eine Ur-Gemeinde
*   sind*
…ein Ort für besonders launige politische Stamm-
*   tischgespräche*
…ein Ort, wo man die Alltagsschmerzen
*   endlich einmal vergißt."*

Gerhard Wangemann, Stadtkämmerer

„Das Schönste für mich: Ein Schafkopf unter den
Bäumen am Erlanger Tag, bei dem ich nicht zah-
len muß."

Gerch VII

Der Gerch verläßt den sinkenden Berch

Der Gerch hatte an diesem Berch-Abend alle Suffstufen durchlaufen.

Dambers, Seier, Qualm, Breller, Durchblicker, Biersumpf, Bierschnarcher. Und daraus erwachte er jetzt. Die Kälte hockte ihm im Nacken. Die Blaskapelle hatte längst eingepackt. Irgendwoher tropften Takte von Lili Marleen auf ihn herab. Die bunten Glühbirnen hingen totgeschaltet in ihren Fassungen. Der Abfalleimer quoll über, rülpste, stank heftig.
Der Gerch orientierte sich. Vereinzelte Torkler kämpften mit dem Gleichgewicht. An einem Tisch hockten noch welche im Kerzenlicht, die letzte Maß machte die Runde. Ein grellweiß Gekleideter sammelte Krüge ein.
Der Gerch griff nach seinem Krug, sabberte sich mit dem Nacherla das Hemd voll.
„Etz gemmer ham", lallte der Gerch.

Doch er sagte es nur. Er blieb hocken. Diesen Augenblick seines Berch-Ganges mochte der Gerch am allerwenigsten.

„Nach Hause, nach Hause, nach Hause gemmer net, bis daß der Tag anbricht ...", sang bierhell der Gerch.

Lang mußte der Gerch nicht mehr warten, bis der neue Tag anbrechen würde. Doch zu Hause wartete sie auf ihn. Er mußte heim, das wußte er.

Nur einmal hatte er seinen „Rus" auf dem Berch hockend, ausgeschlafen. Nahtlos die erste Maß am nächsten Morgen bestellt. Für ihn problemlos. Aber sie! Beinahe erschlagen hatte sie ihn damals.

„Ich hab die ganze Nacht net gschlafn. Hab denkt Du bist in Deim Suff in der Regnitz ersoffn."

Statt daß sie sich über den Strauß Wachsblumen gefreut hätte, den er ihr als Friedensgabe mitgebracht hatte, haute sie ihm die teuer erworbenen Plastikblumen links und rechts um die Ohren. Undank ist der Welten Lohn.

Und dabei bog er damals, nachdem er den zweiten Frühschoppen auch noch ausgiebig genutzt hatte, an der Berch-Weggabel nicht nach unten ab, sondern wankte geradeaus weiter. Bei der ersten Schießbude hielt er an.

„Master, schießn mecherti."

„Wieviel Schuß?"

„Des wasi no net. Ich brauch an Strauß für mei Alte, ich hab am Keller übernacht."

Das mögliche Geschäft besiegte die Angst des Schießbuden-Besitzers, diesem „zamgwachtn Unrasiertn" ein Gewehr in die Hand zu geben.

Der Gerch legte an, der Lauf beschrieb eine dickbauchige Acht.

„Master, gib mer an andern Schießprügl. Bei dem is der Lauf verbogn."

„Ich gebder gleich verbogn, bsuffna Sau. Kaum dasser grad steh kann, aber über meine Gwehre mauln."

Der Schießbuden-Besitzer kam trotz seiner zwischen den Hosenträgern gewaltig herausquellenden Wampe erstaunlich schnell auf den Gerch zu, entwand ihm die Waffe. Dem Gerch sein Finger steckte aber am Abzug fest, es löste sich ein Schuß. Die Kugel haute nach schräg hinten ab, durchschlug das Lebkuchenherz „Auf ewig Dein" und blieb in „Ich liebe Dich" stecken. Zwei Tage später biß sich die Beschenkte eine Brücke am Projektil aus, haute den Rest des Gebäcks ihrem Galan so aufs Hirn, daß die rosa Zuckerschrift „Ich liebe Dich" nur so durchs Schlafzimmer sprazelte.

„Den Schuß zahli net", meinte der Gerch und griff sich ein anderes Luftdruckgewehr.

„Ladn", fauchte barsch der Gerch den Konvexen an. Er preßte es an seine Schulter, sah Kimme, sah Korn, sah das weiße Röhrchen, drückte ab. Ein kleiner verstaubter Teddybär, der zwischen zehn Röhrchen mit einer gelben Schnur stranguliert baumelte, ächzte kurz auf. Gedämpft verschwand die Kugel in seinem ausgestopften Bauch. Es hatte zwar geknallt, doch der Schuß ohne erkennbares Ergebnis für den Gerch. Nur ein kleiner Junge rief seinem Vater entsetzt zu:

„Papa, der Onkel hat den Teddy totgeschossen!"

„Was hab ich", schrie da der Gerch und drehte sich um.

Und der Lauf des Gewehrs zeigte bedrohlich wie ein langer, metallener Zeigefinger auf den vorbeiwogenden Menschenstrom. Kreischend suchten einige Deckung. Die Masse buchtete sich vor der Schießbude aus. Der Gerch begriff nichts. Deutete mit dem Lauf auf eine andere Stelle. Kreischend dellte sich die Menschenschlange im neuen möglichen Kugelzielgebiet ein.

„Was habtder denn alle?"

Der Schießbuden-Besitzer nahm dem Gerch die Waffe weg. Der Gerch kaufte für 30 Mark einen Strauß Wachsblumen.

„Hob etz gemmer ham", wiederholte der Gerch resolut.

Diesmal sagte er es aber nicht nur, sondern ein Ruck ging durch ihn hindurch. Er stand auf; genauer: er versuchte es, aufzustehen.

Alles um ihn herum drehte sich mit einemmal. Die Kastanien mit den bunten Lampionaugen kamen wie seine Wohnzimmerstehlampe auf ihn zugeflogen. Er schloß die Augen, sank zurück. Der Kastanienstamm erschlug ihn nicht. Nachdem er mit geschlossenen Augen eine Weile so dagesessen hatte, war das Erdbeben zu Ende.

Deswegen mochte er es nicht, wenn er so ganz alleine auf dem Berch hockte. Mit all den anderen aufstehen und weggehen, das mochte er. Wildfremde Schultern umschlingen. In der wankenden Meute den Abtrieb wagen. Bis zur Eisdiele im Menschenstrom eingebettet sein. Oft fand sich auch noch einer, mit dem er dann den Wiesenweg durchqueren konnte.

Zu Fuß! Mit dem Fahrrad fuhr der Gerch sehr ungern, seit er mal den Weg verfehlt und ins „Bächla" gerollt war. Das hat ihn geärgert, denn bei dieser amphibischen Abkürzung hat er seinen neuen Hut verloren. Er watete zwar noch lange im Bachbett herum, tastete im pechschwarzen Rinnsal, aber der neue Hut blieb verschwunden.

Mit dem Bus mochte er auch nicht fahren. Das hat ihm seine Frau strikt verboten.
„Das ja jeder sicht, wies Di wieder zamgwacht hast."

Doch das war nicht der Grund für seine Bus-Abstinenz. Er vertrug das Geruckel nicht. Von der Essenbacher Straße bis knapp zum Martin-Luther-Platz genügten einmal und er kotzte nicht nur über zwei Jacken, drei Hosen und ein Kleid, sondern der glückliche Gewinner eines stattlichen Gummibaumes ließ beim Anblick des Gerchschen Magen-Auswurfes das Gewächs fallen. Den Rest gab der Zimmerpflanze der Absatz eines ebenfalls angeekelt Zurückweichenden.

„Hob etz, Gerch", er sprach sich selbst Mut zu. Und wirklich, er kam hoch. Stolz stand der Gerch, auf die Bierbank gestützt, in der Nacht. Stolz, so als ob er gerade mit doppeltem Salto vom Reck, sicher in den Stand gelandet wäre. Der Gerch lächelte zufrieden. „Na also."
Doch schon der nächste Teil der Übung – loslassen des Tisches – stürzte seine Motorik in schier unlösbare Probleme. Hand für Hand, Fuß für Fuß bewegte sich der Gerch zwischen Bank und Tisch. Er arbeitete akkurat, setzte jedes Gliedmaß sorgsam wie ein Tausendfüßler, um ja nicht aus dem Rhythmus zu kommen. Bewegte von den vier Fixpunkten immer nur einen, so als ob er mitten in der Eiger Nordwand hing.
Langsam, sehr langsam arbeitete er sich durch die Reihe. Am Ende angekommen, ver-

schnaufte er lange. Er holte Luft und Mut, denn ab jetzt mußte er ohne Stütze gehen. Die Berch-Straße lag leicht abfallend vor ihm. Aus einem Keller floß Wasser, Bier und Spülmittel. Pappteller, Schaschlikreste, Servietten, Brezenbrocken, Hühnerknochen stauten die Brühe. Der Gerch schaute stehend zu, wie ein kleiner See entstand, in dem ein angebissener Hering trieb. Sah, daß der Damm an einem Hühnerbein brach, die Soße erst schwach, dann kräftig den Berch hinab lief; ihm den Heimweg wies.

Der Gerch stieß sich ab, ging ohne Halt im gleichen Moment zu Boden. Staute den Kellerbach erneut.

Rotzallein fühlte sich der Gerch. Heim wollte er. Er haute mit der Faust auf den Teer. Dreckbrühe spritzte auf. Erst rutschte er auf seine Knie und krabbelte dann auf allen Vieren zum Abfalleimer. An dem zog er sich hoch. Seine ketchupverschmierten Hände wischte er an seinem Hemd ab.

Allein stand der Gerch so beim Berchabfall, holte Luft. Wie ein Maikäfer pumpte er, wie ein Maikäfer flog er rücklings in die Abfall-Pyramide. Doch diese Verschnaufpause gab ihm neue Kraft. Er rappelte sich auf. Er wagte erneut einen Heimweg-Versuch.

Die ganze Breite der Straße durchschwankte der Gerch, landete an der Sandsteinmauer unter dem Podium der Musik.

„Ra, ra", schrie der Gerch in die feindliche Nacht.

„Ra, ra, ra, ra, ra, Rachengold", bläckte er hinterher.

Lachte über seinen Einfall bis er wieder hinfiel. Er grinste im Liegen. Er brunzte im Liegen. Er grunzte, schlief ein. Biß knirschend auf den Sand, den er schnarchend geschnupft hatte. Sein Teer-Bett begann leicht wie eine Luftmatratze zu schwanken. Er trieb auf dem Oberndorfer Weiher. Er sah die „Nackerten". Sah nur Schlanke und Ranke. Doch so langsam schien es dem Gerch, daß Wind aufkam. Das Geschaukel nahm zu, verstärkte sich. Plötzlich begann sich die Luftmatratze zu drehen. Irgendwer hatte den „Pfropfen" am Grund des Oberndorfer Weihers herausgerissen. Der Gerch hörte es mächtig rauschen. Es riß ihn linksrum kreisend in die Tiefe. Blitze sah der Gerch. Mächtige Donner schreckten ihn.

„Etz geht die Welt unter und er kummt."

Der Gerch betete weinend:

„Geb mer unser tägliches Brot und Bier."

Und er dachte an die Krüge, die er in sich hineingestürzt hatte. Dachte an die Menge Flüssigkeit, übergab sich im Liegen, schlief erneut ein, erleichtert, traumlos.

Als der Gerch erwachte, fror er. Er lag hinter dem Berg seines Erbrochenen, der Teer glänzte regenfrisch. Sein Kopf dröhnte, er hob ihn weg von der Berch-Straße, kniete sich unter das Blasmusikpodium. Wollte wieder hoch, wiegte seinen Oberkörper gen Norden. Sah die Sinnlosigkeit seines Aufstehversuches ein, verharrte still auf allen Vieren, glotzte nach oben.

Der Berch brüllte.

Der Gerch hörte Blasmusik, sah das unübersehbare Menschenmeer. Alles schunkelte, die Dünung fand er zum Kotzen. Er blickte weg, sah oben den gekrönten „Pinsel" herumturnen. Sah, wie der einen rohen Fisch packte und ihn von oben in sich hineinstopfte.

„Etz frißt der an roha Gwedldn."

Das konnte der Gerch nicht mal mit ansehen, wenn er nüchtern war. In seinem jetzigen Zustand war das der berühmte Tropfen. Sein Magen bereits geleert, die Galle sprang in die Bresche, belohnte sein tierisches Gewürge. Erschöpft lehnte er sich gegen die schmirgelpapierne Wand und schaute nach rechts. Durch die Bäume, über den abgedeckten Freßständen, schien es dem Gerch als ob da etwas Riesiges stand.

„A Schiff", murmelte der Gerch, „da kummt a Schiff."

Der Beton-Entlas-Keller bewegte sich zwei Decks hoch auf den Gerch zu. Das Geländer des Kellers beschien der Mond, für den Gerch war es die Reeling eines Luxusliners. Und als der Bamberger Eilzug vor dem Bubenreuther Tunnel pfiff, da war es für den Gerch die Schiffssirene des Ozeanriesen.

„Etz kummas scho mit am Schiff aufm Berch."

Der Gerch wollte weiter. An den rauhen Sandsteinen schob er sich entlang. Das ging gut, bis die Wand endete. Platz machte für die kleine Straße, die auf den Erich-Keller führte. In diese Lücke stürzte gnadenlos der Gerch. Auf die plötzliche Leere reagierten seine Extremitäten panisch. Die Beine stakten hölzern, wie auf Stelzen, die Arme ruderten unkoordiniert, einem unerforschlichen 12-Maß-Rhythmus gehorchend. Die Bewegungen immer gewagter, einer Pirouette folgte ein Flick-flack-Verschnitt, er schlug schließlich zum zweitenmal auf dem Teer auf. Doch der Gerch hatte sich nicht verletzt. Die katholische Erklärung: sein Schutzengel hat ganze Arbeit geleistet. Die atheistische Interpretation: Alkohol macht den Körper geschmeidig.

Da saß er. Schnaufte, weinte, fluchte, glotzte hinauf zum Mond.

Doch irgendwie arbeitete er sich hinab vom Berch. Widerstand der Versuchung, aufs Geländer der Essenbacher Brücke zu klettern und vor den Augen der auf Brezenbrocken lauernden Forellen, keck darüber zu balancieren.

Er kämpfte sich weiter. Stürzte, kam hoch, ignorierte die Müdigkeit. Wankte weiter, fiel. Sein Schädel dröhnte; der Berch brüllte – in ihm!

Und sah den Mond. Der war voll wie er, hing schwankend weit oben. Viereckig hing er da mit der Aufschrift: Kitzmann.

„Etz machens aufm Mond a scho Werbung."

Der „Pinsel", Erhardt Königsreuther

„Also es steht amol fest, der Berch is die 5. Jahreszeit. Aber es werd für mich ein Streß, zwölf Tag lang. Nauf, am Abend gehts wieder ham, und dann wieder nauf. Aber auf der Berch-Kerwa gehts me besser, als wenni in der Wertschaft hock. Weil in der Wertschaft rutscht scho amol a Schnäpsla mit nei.

Aufm Berch gibts viel was normal is, aber manches is scho übernormal. Hams sogar amol mit am Maßkrug a Trompetn zamgschmissn. Also es steht amol fest: sowas gibts net amol aufm Oktoberfest.

Und in die sechziger Jahr binni amol ins Hechtla nei. Hat der Hans vom Hechtla brüllt: ‚Der Maler Pinsel kummt.' Zack, habi mein Nama scho ghabt."